你的名字。

Another Side：Earthbound

Kanoh Arata
加納新太
原作：新海誠
Shinkai Makoto
封面插畫：田中將賀
Tanaka Masayoshi

Kadokawa Fantastic Novels

「目次」

earth・bound

1 「根之類的物體」牢牢固定在地上。

2 「動物、鳥類等生物」無法離開地表：

an～bird不會飛的鳥。

3 為世俗所困，塵世的；沒有想像力，散文般的。

earth・bound

「宇宙船等物體」朝地球前進。

(KENKYUSHA'S NEW COLLEGE ENGLISH-JAPANESE DICTIONARY 7TH EDITION)

第一話　關於胸罩的一項考察

第一話
關於胸罩的一項考察

1

從窗戶射進來的光線照到臉上，立花瀧閉著眼睛，因為這種不快感皺起臉龐。

這種皺起臉龐的感觸讓意識朝覺醒的方向浮升。所謂的清醒，感覺起來總像從水底朝水面慢慢浮升似的。庭園那些樹木搖動的聲音隔著玻璃窗傳入耳中，聽起來就像浪濤聲。

開始感受到自身躺在床上的重量，背部感受到重力。就這樣睜開眼睛的話，就會不由自主地開始新的一天。

不想睜開眼睛……

有好一會兒，自己靜靜地飄浮在不是睡眠也並非清醒的境界狀態之中。這種處於開啟跟關閉之間的狀態是如此舒適。啊啊，希望這段時光能永遠持續下去……如此心想之際，胸口深處——與其這樣講，不如說是「胸口上」萌發了某種不祥的塊狀物。

在半夢半醒之間，令人戰慄的感觸插入意識當中。硬要將它轉換成語言的話，就是——

（今天是哪一邊？）

心中一驚的同時，他反射性地搖晃了身軀。在那個瞬間，強烈的不自然感襲向全身。

身軀實在過於單薄，令他毛骨悚然。

也就是說，他感到構成自身身軀的肌肉並未牢牢地覆蓋在體表，而是軟綿綿又不可靠到了一個極致，這種不確定的感觸讓他受驚。

「嗚哇啊！」

瀧難以忍受過分強烈的不自然感，使勁撥開棉被撐起身體。

他迅速環視四周，是約三坪大小的和室。

這個房間也已經看得挺習慣的了。

房間鋪了榻榻米，裡面擺著書桌跟椅子。初次目睹時，他還以為這是大雄的房間。首先讓他感到驚訝的是，在榻榻米上擺書桌的房間居然真的存在。只不過擺在這個房間的物品數量明顯很多，所以並不像大雄的房間那樣索然無味。牆壁上靠著

一面狹長的鏡子，日式長押橫樑上掛著女生穿的制服，百褶裙的褶線用熨斗燙得筆挺。瀧知道只要打開衣櫥就能看到裡面塞滿了衣物箱，光是要把棉被抬上去就得費一番手腳。

這是女人的房間。

窗外有樹木的葉子在搖動，射進室內的光線也在搖動，所以這個房間給瀧一種綠色的印象。雖然射進來的並不是綠光，不過就氛圍而論就是綠色。

瀧朝房間的狀態看了好一會，試圖藉此磨合周遭的現實感跟肉體的非現實感。

「又來了啊……」

理解狀況的瞬間，額頭猛然冒出汗水。那些汗水讓長長的劉海貼到肌膚上。這種感覺很煩人，所以瀧甩了甩頭，卻因為感受到自己的長髮輕撫後頸而胸口一涼。

他移開放在眼睛上的手掌，並且用那隻手抓住左臂。

那隻手臂的肌肉感觸實在是太柔軟了，使他不由得感到心驚。明明軟成這樣，居然還能好好地完成它身為手臂的機能，光是這樣就已經很不可思議了。肌膚的質感跟肌肉的長法——不，身體品質本身與自己所知之物截然不同。這並不是男人的身體。

是女人的身體。

今天也是，又一次在清醒後變成了女兒身。

深深吸了一口氣後，他緩緩嘆了一口長長的氣。

光是這樣就讓他發現一件事，那就是「肺活量跟原本的自己不同」。

（真累人啊……）

今天又得扮演陌生城鎮的女高中生度過整整一天才行。要完全化身為陌生的女人，在陌生的人們之間，盡可能別讓陌生的人際關係出現破綻地度過一天。這種事總之就已經是壓力了。

而且——

（又是這副軀體啊……）

難用到一個不行。

說起來，連步幅都差異極大，所以令人焦躁。

身體重心跟原本的自己不一樣，所以很容易站不穩。腳踝很纖細，光是稍微腳步踉蹌好像就會立刻扭傷。

不只腳踝，就整體而論這副身軀都很纖細。

在附近隨便用手撐一下的話，就會讓人擔心手臂的骨頭會不會因此折斷。

就是因為搞不太懂勉強到何種程度會壞掉，所以很恐怖。

瀧一邊思考這種事，一邊用雙手在纖細身軀上「啪噠啪噠沙沙沙」地到處亂摸。如果不用觸覺確認「自己現在在不是自身之物的身體裡面」，他就無法維持對現實的認知。

檢查身體的狀態好一會後，他將雙手移至胸口。接著略微猶豫了一下後，他隔著睡衣緩緩用手掌壓上隆起物。

手掌感受到極細微的抗力，有著微弱彈性的胸部變形凹陷下去。

他彎曲所有手指，試著輕握胸前隆起。

唔。

滿有料的。

絕對不是巨乳。

不是那種彈性十足又沉甸甸的感覺。

也沒有用手掌一口氣抬起來再迅速移開手就會整團掉下來的質量感。

然而——

（喔喔，是咪咪呢。）

足以讓他深深點頭表示認同。

唔。

分量足夠了。

有這種分量的話，摸起來的感覺還挺開心的。

瀧表情認真地揉胸部。

這種行為做著做著，不知為何讓人莫名感到放鬆。

他開始覺得現在這種離譜至極的狀況就像笑話，感覺像是有人在對他說「放輕鬆啦」似的。

一邊揉胸部，一邊在腦袋裡面低喃「咪咪咪咪」打著拍子後，事情漸漸變得有趣了。

咪咪，咪咪。

握住，放開，握住，放開。

哇塞。

咪、咪。咪、咪。

他也覺得自己實在太傻，所以自然而然地綻放出笑容。

享受了好一陣子後，他放開手。再做下去的話會很不妙。所謂的不妙，意思是指自己會剎不了車。總覺得這件事後面有一個不能按的按鈕。就像在喜劇電影裡某個像是祕密基地的地方，有一個腦袋有點壞掉的總統突然試圖用食指按下去卻被周遭的人用蠻力阻止的這種場景會出現的那種不能按的紅色按鈕。一旦按下它，就會演變成某種一發不可收拾的情況。

（而且被三葉發現的話，事情好像會很大條啊。）

就在瀧有些內疚，下意識地環視房間時，鬧鈴聲突然響起讓他嚇了一跳。

桌上的手機響了，那是幾年前發售的全螢幕式機種。

試著將它拿起來後，上面顯示著來自三葉的訊息。那是會在每天固定時間顯示出文字備忘錄的ＡＰＰ。

（為了替自己跟我交換靈魂時做好準備，那傢伙每天都讓這種訊息顯示在手機上嗎？）

內容一如往常，是規則的確認。

『三葉→瀧同學！』

『禁止洗澡！』

『不要看身體！不要觸摸！』

『不准張開腳！』

『不准摸男生！』

『也不准摸女生！』

而且還追加了新的事項。

『說真的，總而言之就是不要用我的身體亂來喔。還有，我想你應該明白才對，如果進入女子更衣室，我就會用某種方式報仇。』

好可怕喔！

瀧反射性地將手機拿離臉龐。

與其說訊息，不如說是威脅。

他也將自己的身體交給她保管，所以不曉得在這段期間會遭受到何種對待。

被威脅警告了，不能輕舉妄動。

所謂的三葉，就是「這副身軀」的持有者。

真要說明的話事情就會沒完沒了（而且瀧也無法解釋），不過住在東京都千代田區六番町的男高中生立花瀧，跟居住在岐阜縣Z郡糸守鎮的女高中生宮水三葉之間，目前有著雙方的人格會週期性地互相轉移的關係存在。

用更白話的方式來說，就是這兩人的意識偶爾會互換。

對於覺得「這是啥啊，聽不懂意思」的那些人，只要看看大林宣彥導演的《轉校生》或讀一下山中恒的《我是她，她是我》，應該就能立刻掌握到這個概念。

互換靈魂的情況一週大約會隨機發生兩三天左右，不過發生的契機都是睡眠。

早晨時，瀧的意識會進入宮水三葉的身軀，而且在這種狀態下清醒。三葉的意識則會進入立花瀧的身軀，並且在這種狀態下清醒。然後直到一天結束上床睡覺前，這種狀態都會一直持續下去。只要再次上床睡著，在不知不覺間又會恢復成原來的狀態。

只是在白天打瞌睡的話，似乎不會互換或是復原。這是藉由實際在課堂上打瞌睡所取得的知識。

初次發生互換靈魂時，瀧以為自己在作一個「很真實的夢」。在睡覺時變成陌生女人，在陌生的地方生活著。他深信自己正在作這種夢……

然而話說回來，這個夢也太真實了。陌生景色亮麗得離譜，聽到的聲音也很鮮明，還有著明顯的觸感，連登場人物的自主性都太高了。

甚至到了讓人在筆記裡寫下一整面人物關係圖的地步。在夢裡變成宮水三葉這名人物，然後生活一整天……這種夢他作了許多次。光是這樣的話，或許他頂多只會覺得「最近一直在作感覺有點不妙的夢呢，保險起見還是去看個心理輔導師好了」。如果能這樣了事就好了。

瀧在夢境中過了一天後，發現自己的記憶整整飛走了一天份。認知這個現象後，他的想法終於從有點不妙開始轉變成這樣很糟糕。

作了化身為宮水三葉的夢後，星期二的隔天變成了星期四。

事情變成自己在打工地點犯下應該不會犯的失誤。

從記憶中失落了一整天在高中上課的內容，或者應該說上過那些課的記憶根本就不存在。

簡直像是自己正在看漏了一星期沒看的連續劇後續劇情。

然而如果只是這樣，應該只要去找一家專門看這種病的醫院就行了。真是的，如果這樣便能了事就好了。

明明不記得自己上過那些課，筆記本裡卻有陌生筆跡寫下的筆記。

不，說是陌生筆跡有語病。正確地說，瀧曾經看過那個筆跡。在夢裡。

那個筆跡跟宮水三葉筆記本裡的文字一樣。

（那傢伙大概也跟我一樣，在幾乎完全相同的時機發現筆跡的事吧……）

而且手機的日記ＡＰＰ裡還用亂興奮一把的文體寫下了記憶空白的那一天所發生的事件記錄。

在那篇日記的尾端有著「三葉」的署名。

瀧早上在自己的房間醒過來時，甚至曾經發現左手臂內側被人用油性筆大大地寫下「三葉」字樣的塗鴉，後面沒接著寫「到此一遊」甚至令他感到不可思議。

事情走到這個地步，雙方不可能都毫無察覺。

換言之，這並不是夢。

宮水三葉並不是在夢幻世界裡登場的人物。

她跟她周遭的世界都實際存在，自己在不知不覺中只有意識進到她的身體裡，然後在這段期間，宮水三葉的意識則是進入自己的身體進行活動。事情就是這樣。

關於此事，立花瀧剛開始的反應是這樣子的。

「騙人的吧！」

而另一方面，宮水三葉用手機備忘錄機能傳來的第一句話則是如此。

『變態！』

我才不是變態咧！瀧立刻在備忘錄下面補上這句話。如果自己是故意潛入女孩子的生活中，那被叫成變態也是沒辦法的事，但這完全是不可抗力。哪有人會主動希望碰上這種剪不斷理還亂的事情啊。

瀧的指尖輕彈寫入這些內容表示抗議，然而——

『你能自由地使用我的身體，所以當然是變態啊！』

下次互換靈魂時，對方回了這種絲毫不留情面的回應。

自由使用身體是怎樣啊。

這傢伙明明說了相當帶有情色意味的話語，自己卻沒發現這件事嗎？

差不多在這個階段，宮水三葉這個人的人格開始從稀少的情報中朦朧地產生了輪廓。

——這女人還挺傻耶。

瀧收起棉被，脫掉睡衣將它丟在榻榻米上面。比起揉胸部，脫去衣服更讓瀧感到內疚。他把掛在長押橫樑上的制服穿上身。這條恐怖的裙子光靠鉤子跟拉鏈，連皮帶都用不著就能固定在身上。瀧總是對這件事感到很吃驚，所謂的有腰身指的就是這麼一回事嗎？而且將這件又窄又小的白襯衫流暢地套上身體再仔細扣上釦子，也讓他產生奇妙的感慨。

他對這種事一一感到吃驚。

他將頭髮集合成一束，再用橡皮筋固定。真正的三葉或許會用更講究的綁法，不過對瀧來說這樣就已經是極限了。

將裝備著裝到身上後，瀧不由得打起精神。

今天一整天也要想辦法扮演好女人的角色。

不鼓足幹勁的話，心就會受挫。

『妳，是誰？』

好像會有人突然一臉認真地這樣問，所以很可怕。如果被這樣說，心臟肯定會停止跳動。

看到周遭的人至今為止的反應後，瀧開始隱隱約約明白宮水三葉是用什麼方式說話的。

雖然開始明白這件事，但要一整天貫徹到底果然還是很困難。在中午前就會確實地開始露出馬腳。瀧會在不知不覺間變回男人的語氣，讓學校那些人嚇一大跳。雖然他一直有在反省，卻還是改不太過來。

或許還有必要再略做調整吧。

「——啊，對了。」

瀧發現眼前就有一篇絕佳的文章。那是三葉留在手機裡的備忘錄。總之這玩意兒就像是宮水三葉用喉嚨發出來的聲音吧，所以只要能語氣自然地說出這段文字就行了。

他試了一下。

「……說真的！總而言之就是！不要用我的身體亂來喔！」

瀧也覺得自己真的是太刻意了，就像業餘劇團的素人戲劇表演一樣。

「——還有，我想你應該明白才對！如果進入女子更衣室，我就會用某種方式報仇！」

瀧努力地試著恐嚇，不過聲音裡卻少了一些魄力。

他試著像這樣讀了兩三次，卻開始覺得這樣很蠢所以停了下來。瀧忽然感受到某種視線，所以四處遊移著視線，結果發現紙門微微開啟，有一對小小的眼睛透過那道縫隙窺視這邊。那對眼睛眨了幾下，骨碌碌地動著。

「嗚喔！」

這不是在演戲，而是發出真實的聲音。在昏暗的日式房間內遇上這種事，根本就是橫溝正史的民俗風恐怖世界。

是妹妹四葉。她跟三葉歲數相差甚多，還只是小學生而已。紙門微微打開，在另一側的小學生歪著嘴角，一高一低地抬起眉毛，有如蝦子般咻咻咻地後退並輕輕關上紙門。雖然完全沒吭半聲，不過如果硬是要替那副表情安上台詞——

「嗚噁。」

就是這種臉。

瀧趕時間似的離開家裡。到學校為止的路途有一半是跟妹妹一起走的，所以用不著感到迷惘，跟妹妹分開後也是一條路通到底，沒有任何問題。

糸守鎮這座小小城鎮是圍繞糸守湖蓋起來的。糸守湖是在山地正中央向下凹陷，卻也沒有那麼大的湖泊。深山裡面突然出現湖泊的風景還挺有幻想氣息。湖泊呈現被山地包圍的狀態，所以湖泊四周均是斜坡，民宅跟道路都是在各處斜坡又填又挖硬弄出來的水平地面上蓋成的。因此道路幾乎都是環狀路線，不管是去程或回程差不多都會抵達同樣的地方。

瀧望向左邊的景色。

比道路還低的斜坡上種了樹木，遠景從沒有種樹的中斷處映入眼簾。糸守湖的水面被風吹拂揚起小小波浪，在晨光照射下有如雕花玻璃閃閃發光。

另一側是被綠色樹林完全覆蓋的群山景色。那兒有的地方顏色略淡，有的地方既深鬱又濃綠，像這樣製造出複雜的陰影。

以視線來回輕撫群山這般複雜的表情後，瀧心中湧現近似感動的情感。說不定這就是所謂的鄉愁吧。

瀧是在東京二十三區土生土長的人，而且還是在山手線的內側，所以他並沒有所謂的鄉下老家，也沒做過回老家之類的事。

所以他不是很懂思鄉情懷這種感覺，卻也覺得心裡好像癢癢的。

瀧忽然停下腳步，目不轉睛地凝視這幅景色。他放寬視野，試圖將這整幅畫面烙印在自己的意識中。

光線被湖面反射而舞動，群山黑壓壓地寂靜無聲，這幅景色迎面吹來風兒，調戲身軀輕搖秀髮。

風中有著氣味。就像水與土壤還有樹木的氣息被封入小得看不見的透明膠囊裡，然後夾雜在風裡，吹到臉頰上又忽然爆開的細微氣味。

在這座城鎮上，瀧初次體驗到何謂風中的氣息。

他有一種預感。

未來自己將會與這幅景色一起想起「懷念」這種概念吧。

這幅景色——

瀧並沒有回歸某處的概念。對他而言，這種意象或許就像由神所賜予有如「故鄉」般的事物吧。

雖然不是在語言層面上清楚地如此認知，瀧卻體會到了這樣的感覺。

「一大早就在那邊感慨萬千什麼啊？」

某人從後方把下巴放到肩膀上。回頭一望，只見名取早耶香正搖晃著髮辮站在那兒。

在她身後，理著和尚頭、體格壯碩的勅使河原克彥正一邊牽著淑女車一邊追上來。

根據瀧至今為止觀察的結果，這兩人跟三葉是家人之間也有互相往來的兒時玩伴，在學校裡幾乎都是三個人一起行動。用這附近的說法來表現的話，就是所謂的「同伴」。

瀧當初認為「跟熟知三葉的人長時間一起行動很不妙」，所以對兩人很有戒心，不過他立刻明白事情並非如此。這兩人都是個性相對溫和的人物，所以並沒有那麼懷疑三葉的人格（的內在）。特別是早耶香，就算多少有些可疑之處，她也會問瀧：「妳在幹嘛啊？」所以可以立刻進行調整，老實說真是幫了不少忙。

基於這些理由，瀧決定在學校要盡量跟這兩人黏在一起。就三葉的行動而論，這樣做似乎比較自然。如果要追求真實感就得叫兩人「早耶」跟「勅使」才行，不過將距離拉近到這種地步令瀧感到猶豫，所以他都是用「呃」或是「我說啊」的感覺矇混過去。

「妳頭髮又亂糟糟了，連裙子都沒折短耶。」名取早耶香輕輕捏住瀧（應該說是三葉）只在腦袋上紮成一束的頭髮。「又睡過頭了嗎？」

「是睡過頭了沒錯，不過這個我已經盡力了……」

瀧擺出快哭的表情，打算用原版三葉的口氣說話的決心也在同一時間崩潰。

「裙子這玩意兒不可能再短了。」

就瀧的角度而論，他完全不明白世上這群名為女高中生的人們是下了多大的決心才能穿上這麼短的裙子。站在旁邊看的話，他會單純因為女孩子穿的裙子很短而感到開心，不過一旦是自己要穿上，就沒有比這個還要恐怖的事情了……

早耶香歪頭說道：「妳呀，之前可是說過裙子長會影響身為女高中生的精神之類的話耶。」

「那傢伙說過這種話啊……」瀧在口中輕聲低喃。

「到學校後我替妳綁頭髮吧？」

「不，不用了啦。」瀧如此拒絕後，嘴裡又喃喃低語：「畢竟我沒自信自己解

開頭髮……」

「不過這樣也不錯啊，跟時代劇的劍豪一樣。」敕使河原插了嘴。「就像《新吾二十番勝負》之類的片子。」

「你把這個叫作髮髻啊！」早耶香皺起眉，用手肘頂向敕使河原。「話說那是啥啊，電影嗎？」

「大川橋藏。」

「是誰？」早耶香跟瀧齊聲說道，連面面相覷這個動作都左右對稱。

2

宮水三葉上的高中異常寬敞。校地面積就是大，再加上校舍很小巧，設施也少，感覺起來更是廣大無比。周圍都是山丘，所以還有一種荒涼的感覺。

進入後門後，鞋櫃的數量少得讓瀧感到驚訝。畢竟不管怎麼說，一個學年只有兩個班級而已。

進教室後，班上一半左右的人已經到了。拉門旁的座位上坐著兩女一男的三人組，不過瀧進去時他們有一瞬間望向這邊，然後又拉回視線輕聲說了些什麼，接著嘻嘻嘻地發出笑聲。

感覺真是討厭。瀧並不記得這三個人的名字。雖然打開筆記本查閱手工繪製的班級名冊跟人物相關圖就能明白答案，但瀧甚至提不起勁這樣做。

這三人在這裡似乎被歸類為萬人迷集團，不過就瀧的眼光來看，他們一點也不時髦。然而為何他們能表現得像是走在流行尖端的人們呢？這點令人感到有些不可思議。

瀧將書包放到三葉的座位上時，這三人開始對著半空冷嘲熱諷了起來。

「叫她大小姐呢。」

「咦～～什麼～～？」

「就是我家隔壁的老頭啊，左一聲大小姐右一聲大小姐的叫我們班上某個跟宗教有關的女生喔～～」

——咦～～？

——噗噗，都什麼時代了還叫大小姐，真老土。

——把神社視為領主對待是二次大戰前的事情了吧。

——有人就是被捧上天才會有所誤解。因為你們想嘛，她不是在大庭廣眾下翩翩起舞，而且還站在很高的地方呢。

——自以為是藝人嗎？

——不是老人的偶像嗎？

——搞不懂是什麼意思（笑）。

名取早耶香繃緊了臉龐。瀧用完全沒有表情的撲克臉，有如在聽電台節目般左耳進右耳出地聽著這段對話。沒有特定對哪邊說的大音量對話仍然持續著。

——還有那個啦，就是那個祭典的儀式。

——啊啊，那個呀。

——把米嚼過後吐出來的那個儀式。

——好噁。

敕使河原勃然大怒，試圖起身，瀧卻從上面壓住他的肩膀。這副俠義心腸雖然難能可貴，不過由第三者出面袒護反而會把事情複雜化。

（真受不了，又來了嗎？）

瀧在內心如此低喃。

在不久前也發生過類似的事情，這群傢伙真是學不乖。

雖然有部分對話瀧聽不懂，但看樣子這全都是在講三葉的事。

三葉是歷史悠久的神社的孫女，而且糸守鎮大部分居民都是它的信眾。外婆擔任宮司，三葉跟四葉則是當巫女。雖然說是巫女，卻不是在過年期間在社務所賣賣破魔箭這種程度的人，而是更正式，在祭典儀式裡擔任重要角色的貨真價實的宗教人士。宮水神社如今雖然單純只是地方上的御鎮守寺院，但以前卻是擁有寺社領地，幾乎等同於領主的存在，所以直至今日仍然微微殘留著當時的影響力。而且三葉的父親還是糸守鎮的現任鎮長。

事情便是如此，三葉是引人注目的存在，這裡有一群傢伙對這種事怎麼也看不順眼。

——那麼，不好意思要在你們聊得正開心時打擾嘍。

瀧將意識切換為戰鬥模式。

很不巧，我這個人可沒辦法無視這種事情啊。

瀧用極緩慢的速度走過去，兩個女同學的背影越來越接近。靠近那兩道背影

後，瀧突然張開兩邊手臂將兩個女同學的脖子抱在腋下。

從旁觀者的角度來看，這種姿勢就像三個女人感情和睦地在勾肩搭背，但實際上幾乎就是勒住脖子。「喂……」女同學們一邊說著這樣的話一邊掙扎，瀧卻硬是壓住她們，並且將臉龐湊向她們的耳朵。

「你們聊的話題挺有趣的嘛。」

眼睛則是連眨都沒眨一下，死盯著自己對面的第三名男子。為了讓試圖逃開而不斷掙扎的兩名女同學也能聽清楚，瀧用緩慢的語調說了下去。

「我沒聽清楚，所以可以再講一遍嗎？來嘛，告訴我什麼東西很噁啊？」

女同學沉默了，男同學的眼睛開始游移不定。

「快說呀。」

三人默不作聲。除了咿咿啊啊的呻吟聲外，口中沒說出任何有意義的話語。

「什麼都沒有嗎？那麼我就問其他事情吧。不要說什麼某某人，我們就來講有名字出現的話題。是住在哪裡叫什麼名字的老爺爺呢？他說了什麼話？那些話跟住在哪裡的誰有關呢？」

「呃……」男同學支吾其辭。

「老子……我想聽真正的話，所以我只是在問你們想問我什麼事而已。」

「我們並沒有——」

「是嗎？什麼都沒有啊。並沒有什麼話想對我說嗎？」

沒有人回應。

瀧用低沉聲調說：

「那一開始就給我閉嘴。」

他放開雙手。

回到自己的座位上時，瀧發現班上的同學都默不作聲看著這邊。瀧拍了兩下手用銳利的語氣說「好，結束」後，四處立刻傳來嘆息聲，室內氛圍也和緩下來。

瀧坐上位子，用指尖抬起臉頰撐住頭，然後思考這副身軀的主人——宮水三葉的事。

這種露骨的冷嘲熱諷似乎經常發生，而且宮水三葉似乎對這些話語聽而不聞，保持沉默。

說到瀧為何會明白這種事，所謂的惡意中傷是對不會回嘴的對象所說的話語。像這樣故意用當事者聽得見的音量惡意中傷對方，就表示三葉至今為止都沒反駁過

半句話。

瀧實在搞不懂。

既然對方用聽得見的聲音中傷自己，那只要逮住對方再語帶威脅地說「喂，我們來談談吧」不就好了嗎？

思考了這種事後，瀧感到心情不佳。不是對三人組的惡整行為感到不悅，而是對忍耐這一切的宮水三葉感到不高興。

右膝突然被早耶香啪的一聲拍打了一下。在不知不覺中，瀧似乎把右腳踝放到左膝上，有如佛像擺出翹腳的坐姿。

（真的饒了我吧。）

不悅的心情殘渣仍然附著在意識邊緣。這裡有一整排完全沒使用的教室，而瀧就站在角落——幾乎沒人通行的樓梯間那邊。之所以待在這種地方，就是因為他是這個區域的打掃值日生。除了瀧之外這裡沒有半個人，但這並不是因為其他人都跑去偷懶了。說起來，這所學校的學生人數很少，而且校舍也很小，因此按照慣例每個地方只配置一名打掃值日生。

瀧一邊隨意揮動掃把——

（光是進入自己用不習慣的身體就已經夠不舒服了，真不想面對複雜的人際關係啊……）

他在思考這種事。

真是麻煩死了。

他不希望在自己無法靈活操控身體的時候，又進一步發生不愉快的事情。這樣壓力會變成兩倍，至少也先處理掉其中一邊吧。

三葉的臂距短得很微妙。不管是筆還是什麼東西，在自己試圖伸手拿的時候就會有細微的不自然感。

打算走到視為目標的位置時，也無法用目測的步數抵達目的地，所以會覺得有點怪怪的。

這種「細微的不自然感」是不能大意的感覺。一旦覺得那只是一點點差異而疏忽，它就會來襲，令人感到焦躁不耐。如果差異很大，應該還不至於讓人這麼不耐煩。如果有很大的差異，意識也會做出一定程度的心理準備。

力量不足這一點也讓瀧感到不安。

（不過很省能源啊。）

瀧在自己原本的身體裡時，偶爾會感受到幾近於飢餓的空腹感，但三葉似乎並不會這樣。

而且，不知是不是肌肉柔軟所造成，關節的可動範圍很大。

是因為體重輕的關係吧，身體可以敏捷地活動。

只要習慣怎麼移動，或許這副身體用起來會很輕鬆。

瀧開始思考這種類似「學會騎獨輪車的話或許會很有趣」的想法。

他拋開掃把，試著彈響手指。最初的兩三次雖然沒彈響，不過立刻就開始響起了清脆的悅耳聲音。

他讓手指發出啪嚓啪嚓的聲音打拍子，然後搖晃身軀。

嘴裡哼出基本曲調。

然後試著跳出麥可．傑克森的「犯罪高手」的前奏舞步。

他擺好姿勢，接著靜止。

以短促間隔踏出舞步，然後靜止，同時彈響手指。

原地轉圈，靜止。

在國中時，籃球社團裡有一段時期異常流行模仿麥可．傑克森的舞蹈，瀧就是在當時學會的。當時演變成一場參考視頻網站，然後誰最能跳就由誰獲勝的這種無窮無盡的競爭。瀧以前的社團伙伴都會跳這段舞蹈。

對瀧來說，三葉的身體實在太輕，所以舞步出現了偏差。無法突然靜止在自己預設的位置，令瀧感到焦躁。

舞步出現失誤，有好幾次都差點扭到腳踝。

不過膝蓋卻極為柔軟。彈性雖弱，卻能做出瀧的身體無論如何都做不到的複雜表現。

瀧漸漸明白要怎麼動這副身軀了。

有一個用手指做出手槍的形狀，再瞄準目標的舞步……

然後是月球漫步。

靜止。

試著跳舞後，瀧開始掌握到重心的高度跟手腳的長度。再稍微習慣一下的話，應該就不用卯起來擔心會跌倒了。在進入三葉身軀的日子裡，每天早上用跳舞代替

健康操或許也不錯吧。

瀧開始產生意識跟運動神經總算連接在一起的感覺。

動真格試著移動的話，這副身體用起來很輕鬆。總而言之就是柔軟度很好。如果去做瑜珈，恐怕能擺出讓人嚇一大跳的姿勢吧。

靜止了一會兒後，瀧呼的一聲吐出氣息放鬆身體。手臂放鬆，軟軟地落至身體兩旁。然後，樓梯上傳來「喔喔」的聲音。

瀧抬頭一望，只見女孩三人組正看著這邊。她們的嘴巴擺出「哇——」的嘴形，並且用指尖無聲地拍著手。

就瀧所見，那是陌生的面孔，所以她們並不是同班同學。是隔壁班的人，或是低年級生嗎？不過話雖如此，三人卻也不是陌生人。看樣子在這所學校裡大家都互相認識。

「咦～～那是怎樣，好帥唷。」

三人一邊走下階梯一邊朝這邊搭話。

「宮水同學做出了出乎意料的事，嚇我們一跳呢。」

「小宮是這種人嗎？」

瀧只回答了最後的問題：「呃，我不知道這個女人是怎樣的人。」

「咦？」

「沒什麼。」

3

說到當天在學校發生的事件，頂多就只有這樣而已。傍晚瀧回到宮水家，由於輪到他做飯，所以他做了晚餐。因為番茄開始變皺了，瀧將它剝皮做了番茄燉雞肉。配菜是碗豆跟煸炒菠菜，還有白菜做的法式清湯。這是他模仿打工地點的主廚所做的料理再加以簡化而成的菜色。附近農家的人會晃到這個家，然後把蔬菜擺在外廊那邊，所以並不缺包心菜或白菜之類的蔬菜。除了這些料理，晚餐還加上了常備菜——鹿尾菜煮物跟金平菜還有白飯。四葉雖然表示「沒有整體感啦」，瀧卻乾脆地無視她。

瀧沒有去（不能去）洗澡，脫下制服好好地將它掛上衣架，然後用刷子整理了裙子。房裡有洗好送回來的白襯衫，所以瀧先用熨斗將它燙平。在那之後，他換上睡衣，雖然打算亂摸身體一下替今天做個結尾，卻因為害怕被報復而忍下來躺到地板上。

試著躺下來後，轉眼間就被拖進睡意旋渦之中。

下次發生「互換靈魂」是隔了一個週末的三天後。瀧還來不及品嘗半睡半醒的舒暢感覺，就被提醒事項ＡＰＰ的鬧鈴聲吵醒了。

『喂！不是叫你別做我不會去做的事情嗎！被別人要求跳舞超煩的耶！』

瀧一抓住手機，畫面上就顯示了這樣的訊息。禁止事項名單裡加上了新的一行字。

『禁止跳麥可。』

光看字面的話，意義實在過於不明，耐人尋味。

說這是啥話啊？妳自己還不是卯起來改變我的人際關係。少隨便跟奧寺前輩變熟行嗎？在ＡＰＰ的文末補上這句話後，瀧總之先揉了胸部，然後換上衣服，跟平常一樣去上學。他一如往常在上學途中跟早耶香還有敕使河原會合，隨意聊著日常對話，如果有前後不一致的地方就說自己得了青年性健忘症硬拗過去。

名取早耶香一邊說「真可憐，還好吧？」一邊把臉湊過來。不過說到這樣是好還是不好嘛，偶爾會發生互換靈魂的情況一點也不好。可是就算這樣講也沒用，所以瀧回了一個「大概沒問題吧」的模糊答案。搞不好這樣會讓對方更擔心。

瀧在課堂上也是茫然地聽著課。他之所以機械式地抄著筆記，目的就只是為了不被三葉用手機怒斥而已。

瀧腦袋放空游移視線。眼睛在公告於牆上的課表上面停下來時，他猛然探出了身軀。

（……體育？）

不管重看幾次，下一節課都寫著體育。

書包就掛在桌子旁邊的勾子上，瀧悄悄確認了裡面的東西。他把三葉昨晚準備好的書包就這樣直接帶到學校，不過裡面放著以平針織布料製成的整套體育服。

『如果進入女子更衣室，我就會用某種方式報仇。』

腦袋裡立刻浮現這句話。

說到瀧想不想進去女子更衣室裡面看看嘛，他當然也是有點想這樣做。雖然並不是完全沒有這種心情，不過他果然還是不想進女子更衣室。在談到信念云云之前，在某個場所撞見大量女性事務性地穿脫衣物就只是一種恐怖至極的狀況。

話雖如此……

（也不能進去男子更衣室脫掉衣服呢……）

這是天經地義的事。

一上完課，瀧立刻抱著書包急忙離開教室。如果被名取早耶香之類的人帶去女子更衣室，事情就麻煩了。

瀧走在走廊上，抱著體育服盡可能找尋沒有人的地方，結果來到位於校舍三樓邊緣的社會科準備室。

裡面沒有人的氣息，感覺起來也沒人靠近這一帶。應該說這個房間看起來完全沒有物品進出，完全成了貯藏室。

如果這個房間能用就無可挑剔了，不過它當然上了鎖。

瀧脫掉其中一邊的室內鞋，然後用那隻室內鞋朝門把狠狠拍擊了一下。現場發出鎖鬆開的聲音，試著轉動把手，門漂亮地開啟了。瀧知道以前的便宜按鈕式喇叭鎖只要用膠鞋之類的東西給予強烈衝擊，鎖就會輕而易舉地鬆開。這是他從電視節目的防盜特輯看來的知識。讓觀眾知道這種事情好嗎？

換上體育服後，瀧走出社會科準備室。他將雙手放在背後輕輕關上門，一邊深深嘆了氣。這副模樣根本就是小偷嘛。

體育課上的是籃球，是瀧擅長的項目。雖然因為身高不夠而在念高中時放棄了籃球，不過在國中時代他可是小有名氣的球員。

連續射進三球後，瀧開始覺得有趣了。球貼向手心的感觸令人懷念又開心。

瀧開始想試看看自己能將三葉的身軀全力操控到何種地步。

他猛射三分球，試了十次左右的假動作，從絕妙位置躍起搶籃板球，還得意忘形地有如花式運球把球繞過背部再射籃。

從背後聽見球通過球籃的聲音後，瀧舉起拳頭。

真愉快。

多虧使出全力揮灑球技，「不習慣這個身體，感覺很不自由」的感受幾乎都紓解了。瀧覺得自己好像藉由狂流汗這件事打通了有如換氣口的東西，感覺很舒暢。

比賽結束的哨音響起，瀧用上臂抹去臉龐的汗水離開球場。在隔壁球場附近的

男生們幾乎所有人都望向瀧這邊。

瀧試著豎起大拇指，然而——

（——嗯？）

反應很薄弱。

早耶香衝向這邊，表情嚴肅地說「欸欸欸」一邊拉體育服的袖口，然後小聲地朝這邊搭話。

「妳在幹嘛啊？」

「咦？」

「在幹啥呀？」

「幹啥？」

「……沒戴嗎？」

「啥？」

「大家都卯起來看耶。」

察覺到事態後，瀧倒抽了一口涼氣，然後做出連自己都感到驚訝，非常有漫畫風格的反應——也就是用雙臂護住胸口，然後扭轉身體的姿勢。

接著他猛然將臉轉向男生那邊，揮舞拳頭高聲怒喝：

「喂！你們這群笨蛋——！」

下次發生互換靈魂時，將瀧從睡眠中叫醒的東西按照慣例仍是手機的鬧鈴聲。皺著臉爬行般到桌子那邊試著抓起手機後，類似慘叫的字面跳進眼簾。

『我說你啊——！』

是放大的文字。

向下捲動，後續是這樣的內容。

『至少好好戴上胸罩吧！不過死盯著女生的內衣猛瞧是變態行徑，所以我要報復你！』

究竟是要我怎樣啊？

總之先揉胸部再說。在那之後，瀧自暴自棄地脫掉睡衣亂丟在地上。皺著一邊臉頰怯生生地試著打開衣櫥下方的抽屜後，折得整整齊齊的胸罩井然有序地收納在裡面。瀧不得已，試著拿出一件，不過此時的他真的露出了很嫌惡的表情。

說起來，瀧為何沒戴胸罩，就是因為他不曉得穿戴方式。

與其這樣講，不如說他內心深處有著不想明白穿戴方式的心情。如果可以毫無抗拒輕鬆穿上這種東西，對一介男子來說就已經完蛋了不是嗎？瀧覺得某種「自己的性別是男人」的自我基本認知會從根基產生動搖，進而陷入危機。然而……

（用別人的身體卯起來讓那些笨男生開心也讓我無法釋懷啊。）

瀧自己也是笨男生中的一員，卻完美地將這個事實拋諸腦後。總之瀧決定調查胸罩的構造。

三葉的胸罩意外地亮眼。瀧取出的是前衛的亮綠色，應該說是薄荷綠嗎？不知為何，有著鮮明色彩的東西令瀧感到退避三舍，讓他產生一種「為何又來這套」的感覺，就像有人在看不見的地方用藏在懷裡的手槍指著自己似的。

瀧拉出衣櫥的抽屜試圖確認其他胸罩，卻發現它們幾乎都是糖果般的顏色。他大略看了一下，沒發現裡面有白色的普通胸罩。如果仔細找應該會有才對——瀧如此心想，但沒辦法動手尋找。光是在排列得井然有序的衣物中東翻西找，似乎就會遭到報復。而且也不可能把如今在手中的東西折好再放回原位。

看樣子三葉似乎喜歡鮮明色彩的前衛內衣。雖然知道這種事也沒用，不過總而言之，瀧就是明白了這件事。瀧心中雖然有鮮艷內衣是便宜貨的印象，不過這件胸罩的材質似乎很高級，做工也不隨便，或許其實還挺昂貴的。

罩杯部位的造型頗為立體，似乎無法折成四角形或用熨斗燙平。總之不用折成四角形或用熨斗燙過的事實讓瀧鬆了一口氣，因為他盡可能不想做這種事。

用手指觸碰胸罩本體的外側，發現那邊雖然又硬又頗為紮實，但內側卻是軟綿綿的。瀧試著壓了幾下，結果發現它還挺厚的。但他明白這個厚度並不是為了刻意墊高胸部的尺寸，而是要維持罩杯獨特的形狀。瀧壓了幾下確認罩杯的厚度，雖然在這個過程中理解了這個構造的必然性，不過這麼柔軟的話，至少有人拿小刀朝心臟插一刀時是守護不了性命的。

既然如此，為何要把這種東西戴在身上啊？真是莫名其妙。不，雖然明白意義，瀧卻不想深入了解。點綴在外圍的少量硬質蕾絲裝飾相當低調，而且品味非常高尚。裡面裝了既有筋性又有彈力的堅固鋼絲，而這一點也成為「不是附近的購物中心跳樓大拍賣時買下來的東西啊」這種判斷的依據。

就在瀧深入考察至這裡時，他感受到了某種氣息。猛然回頭後，發現紙門按照慣例打開了十公分左右，另一側是四葉的臉龐。雖然遮在紙門後面看不清楚，四葉

抬起單邊眉毛，用整張臉表現出「可疑」這兩個字。瀧屏住呼吸僵在原地。

四葉目不轉睛地望著這邊。

充斥緊張感的沉默時間持續流動了一會。瀧難以承受這種緊繃氛圍，所以迅速將胸罩蓋到眼睛上使出「眼鏡！」的搞笑動作。做出這個行動後，就算是瀧自己也覺得這個玩笑差勁到很想死。就在此時，四葉靜靜打開紙門進入房間。筆直地朝這邊接近後，妹妹默默用手掌啪的一聲拍打瀧的（三葉的）額頭。

「……好像沒有發燒啊。」

四葉轉身離去後，瀧有如要吐出混濁的情緒似的深深嘆了氣，然後決定處理自己逃避至今的現實。總之只要把它捲到身體上再用鉤子固定，然後揹上肩帶再調整長度就行了吧。我知道的啦。

4

在那之後也很辛苦。真是的，世上所有女性是怎麼在每一天把這種東西戴到身上的啊。總之就是背後的鉤子扣不上去。說起來，手根本就搆不到。就算碰到好了，也不曉得背部的扣具狀況如何。在背部中央處，胸罩的右端跟左端就只是空虛地徘徊於半空中。

背還抽筋了兩次左右。

直到鉤子偶然勾住前，需要嘗試好多次才行。順利勾上去時，瀧甚至感動到不由自主地用手摀住臉龐。

當抵達學校時，肩膀都已經僵硬了。與其說是因為戴上胸罩，不如說是之前那場苦戰惡鬥害的。

當天也有體育課。猛拍社會科準備室的門把，進入室內，換好衣服走出那道門時，瀧啪啪地用拳頭敲擊掌心。能打籃球的話，應該能多少消解一些壓力才對。他甚至想打到會不由自主地低喃「老師，我想打籃球」的地步（註：《灌籃高手》中三井壽的名言）。

在體育館的籃球場隨心所欲四處奔馳後，瀧下意識地望向男生使用的球場，只見他們有半數左右都在看著這邊，不過幾乎所有人都露出了「唉——」的失望表情。甚至有人把手放在額頭上，做出苦惱哲學家之類的表情搖著頭。

在這一瞬間，瀧完全忘記自己的外表變成三葉的這件事，揮舞拳頭大聲說：

「你們真的很煩耶——！」

「哎，三葉最近突然受男生歡迎了呢。」

敕使河原一邊用筷子扠炸雞塊，一邊如此說道。現在是午休時間，瀧跟敕使河原還有早耶香在操場旁邊種了樹的角落吃午餐。這裡堆積著預定要廢棄的學生課桌椅，三人坐在那上面一邊吃便當，一邊觀賞在操場上進行的迷你足球比賽。中午時分三人在這裡吃午餐，對三葉來說似乎是慣例。盡量不去反抗這種慣例，就是瀧待在這裡時的基本方針。

「最近每隔幾天妳就會突然換了個人似的呢。」

「咦？」

早耶香的評論讓瀧瞬間心中一驚，但他立刻——

（這樣講也是啦。）

一邊輕搔耳後一邊接受了這件事。

無論如何都會露出本性，應該說只有強烈意識到「自己現在是三葉」時才演得出來。就算被別人說自己性格大變也是沒辦法的事。

話說回來……

（這傢伙因為我進入體內而變得受歡迎，這是怎麼一回事？）

瀧試著若無其事地說出這個疑惑。

根據勅使河原所言，像是「氛圍很爽朗，感覺不錯」、「有機可趁的破綻變多了」、「吐槽很有力」、「好像變得比較好懂了」、「是在勾引人嗎」之類的理由，三葉在男生之間的好感度極大幅地提昇了。

「這算啥啊……」

瀧如此說完撇了嘴角。不過「變得比較好懂了」這一點，他覺得自己可以理解。因為內在是男人，所以對男人來說當然可以理解吧。

「應該也有人想拉近距離而跑去找三葉搭話喔。」

「咦，是這樣啊。」早耶香轉過身子望向勅使河原那邊。

「不過他們好像垂頭喪氣地走回來了。妳不記得了嗎？」

「啊，這麼一說……」

似乎有兩三個傢伙忽然一起往座位靠過來，講了一些搞不太懂意思的話。

因為事情發生得很突然——

「啥？你們是誰啊？」

瀧做出原本的反應後，那些人就喪氣地走回去了。

說完這件事後，早耶香苦笑著低喃：「好可憐喔……」但她心裡一點也不同情對方。早耶香的這種「滿不在乎」實在很好笑，所以瀧也被逗笑了。

之後，他忽然陷入沉思。

意思是「原版」的宮水三葉跟勅使河原口中所言正好相反嗎？

個性不爽朗，說不定還很內向。吐槽很無力，難以理解，身上也沒有會吸引人的地方。宮水三葉就是這種不受男生歡迎的女生。

該怎麼說呢，瀧感受到些微的不自然感。

「我說啊。」瀧如此說道。

「喔——」勅使河原做出回應。

「老子——不對，我平常是用什麼感覺在生活的啊？」

「……妳啊。」

早耶香如此說道。「自己平常都是怎麼做的——問別人這種事時，腦袋就已經有問題了吧。」

「呃，是這樣沒錯啦。」

肩帶碰到皮膚的地方很癢，好想隔著衣服抓一抓啊——瀧抑制著這種欲望，一邊苦思該如何說明時，名取早耶香說著「欸欸欸」抓住他的襯衫腰際拉了幾下。

「妳過來，過來……一下。」

有如對狗說話般向勅使河原下令「你面向那邊，不要聽我們說話」後，早耶香把瀧帶到稍遠處的樹木後面。

「說真的，妳到底怎麼了啊？」早耶香壓低聲音說道。

「咦？」

「沒有勾好耶。」

「什麼？」

「我說啊，妳真是的！」早耶香啪的一聲打了瀧的手臂。「鉤子上下勾得怪怪的，而且還歪掉了，隔著衣服透得超明顯的。」

瀧輕輕揮了揮手掌。

「咦～～已經沒差了啦。」

「沒差個頭啦！妳是怎麼了，平常儀容比較整齊吧？」

「是嗎……」

「平常妳都是更拚命維持儀容吧。」

「拚命？」

「就是拚命。別管了，稍微轉過去，我替妳重弄。」

「隔著衣服？」

「對啦。」

早耶香繞到瀧身後，展現出隔著襯衫鬆開鉤子，把扭曲的地方整平再重新勾好的技藝。瀧道完謝後，打從心底感到疲倦地嘆了氣。

「最近妳很常嘆氣耶。」早耶香說道。

瀧露出幾乎快哭出來的表情。「受不了——這個真的好麻煩。」

「別說這種話，妳是女生吧。」

「或許我已經不是女生了。」

「啥啊？」

回到原本堆放課桌椅的地方後，勅使河原開始緩緩說道：

「這麼一說，解開胸罩鉤子這檔事在國中時曾經很流行呢。」

早耶香朝勅使河原的手臂呼了一個巴掌。「不是叫你不准聽嗎！」

「解開胸罩鉤子是什麼意思啊？」瀧探出身軀。「該不會是繞到後面，再隔著衣服解開女生胸罩的行為？」

「對對對。」

「我只在漫畫裡看過這種事，在物理層面上有可能做到嗎？」

「可能可能。只要習慣了，用單手就能做到。」

「太蠢了吧！」早耶香用打從心底感到傻眼的表情如此說道。

「真的辦得到嗎？要怎麼做呀？」

「妳也一樣，為什麼會感興趣啊？」

當天夜裡，瀧突然在意起勅使河原教自己的事，所以在睡前把胸罩掛在衣架上，嘗試是否真的能用單手解開它，摸索了約十分鐘後就放棄這件事去睡了，卻忘記把那件胸罩恢復原狀再收好。

下次發生互換靈魂的早上，三葉留在ＡＰＰ裡的備忘錄是——

『我全部都聽說了。』

只有一句話實在很恐怖。

5

太陽西下，外面完全是黑夜了。瀧帶著宮水三葉的身軀，就這樣跪坐在宮水家的內室。

瀧不曾跪坐超過五分鐘，如今卻能若無其事地維持跪坐的姿勢。三葉的腳似乎經過鍛鍊，有辦法承受跪坐。

三葉的外婆跟妹妹身穿和服同樣跪坐著，不過瀧沒有自行穿上和服的能力，所以仍舊是制服打扮。所有人前方都設置了古老的木製器具，看樣子似乎是跟紡織物有關聯的東西。

三葉的外婆將五顏六色的絲線複雜地組合在一起，編織著一條粗繩。四葉則是在進行捻合絲線的工作。

她們似乎也希望瀧進行同樣的工作，不過瀧根本不可能曉得作法，所以他決定要豁出去了。

「我忘光作法了。」

「哎呀呀。」

外婆如此說著瞪大眼睛，不過看起來也沒那麼吃驚。

瀧探出身軀望向旁邊的妹妹。

「小四葉教教我吧？」

「小？」

四葉感到有些噁心地向後一縮。

雖然表現出這種反應，四葉仍從房間角落拿來捻絲線的道具，然後將它擺放在瀧的面前。

跟宮水三葉之間的「互換靈魂生活」過著過著，瀧開始明白一件事，那就是因為現場狀況而手足無措、忸忸怩怩的話會啟人疑竇。與其這樣，倒不如堂堂正正來個一翻兩瞪眼還比較好。只要擺出「有什麼意見嗎？」的態度，就算自己不曉得應該要知道的事情，即使採取多麼奇怪的行動，周遭的人也會「是這樣嗎」地接受，

然後就這樣硬拗到底。

幾乎所有在糸守鎮遇到的狀況，瀧都貫徹了這種「豁出去的態度」。

開始掌握這種竅門後，瀧略微感到放心，開始可以用宮水三葉的身分生活而不用感到戰戰兢兢。

（與其這樣講……）

他甚至偶爾會在某個瞬間覺得比起待在自己的身體裡，現在反而能用真心話進行各種活動。

發生人格互換雖是超乎常軌的體驗，不過如果從「能暫時脫離名為自己的存在」這種角度看待，換言之，這或許也能說是一種獲得「自由」的形式。

瀧一邊從四葉那邊學習極初步的捻線法一邊思考著這種事，忽然——

（這種事，那傢伙在另一邊做得順利嗎？）

瀧開始在意進入自己的身軀，現在應該在東京的三葉。

化身為名為立花瀧的男高中生，想辦法度過一整天——在這種像是小遊戲的狀況裡，她能夠好好做到「把豁出去的態度貫徹到底」嗎？

瀧雖然胡思亂想著這種事，不過仔細一想，卻也無需擔心。畢竟宮水三葉可是幾乎在第一次互換靈魂進入瀧身體時，就若無其事地前往瀧打工的地方，雖然發生許多失誤，卻還是將餐廳服務生工作內容大致做完一輪後再回家的女生。

（一般來說會蹺班吧……）

膽量很大。

明明如此，瀧卻還是會忍不住胡思亂想。這是因為他在糸守鎮所接觸到的宮水三葉的氛圍實在是很不可靠。

這個落差是怎樣啊。

前陣子瀧（突然）收到三葉的學妹送的手工餅乾，不過——

「那個，我覺得自己總算開始了解宮水學姊了呢。」

說不定從國中或小學就認識的女孩講這種話是什麼情況啊——瀧如此心想。

那些女孩目擊了「犯罪高手」的舞蹈後，跟自己變得要好了一些，剛好路過時就會突然——

「比利・珍！」

要求自己秀舞步。

「我才不是比利・珍！」

所以瀧也如此回嘴。他雖然希望那些女孩不要看著別人的臉然後大喊超級壞女人的名字，不過三葉本人究竟會用何種方式回嘴呢？

包含這樣的她們在內，有些人有事沒事就會對瀧說出這種話。舉例來說——

「宮水同學原來是這種人呀」、「都不曉得妳會這樣呢」、「明明原本覺得妳是一個很乖巧的人耶」、「原來不是低調的模範生啊」、「對妳另眼相看了」云云……

由此可以看出「真正的宮水三葉」是——

幾乎沒有主見的女人。

可是，事情並非如此吧。

這明顯是不可能的事。只要回想一下三葉留在備忘錄ＡＰＰ裡面彷彿會從手機畫面傳來吼叫聲的訊息就知道了。

瀧體內的宮水三葉是會突然闖進自己沒去過的打工地點，用隨機應變跟臆測還有順水推舟的方式想辦法完成工作，失敗的話就裝笑臉好好混過去，開朗到不行的女孩。

表面上的評價與內在之間有著顯著落差。

和室的牆壁上靠著一面古老的鏡子。

瀧用手指捻著線，一邊在腦袋裡想事情。就在他下意識地游移視線時，偶然與鏡中的三葉四目相交。

肌膚白皙又樸素的瓜子臉女孩映照在那兒。

瀧目不轉睛地凝望那張臉龐。

那張臉目不轉睛地凝望瀧。

表情看起來帶有憂色，瀧覺得呼吸變得困難。

他覺得現在也是自己所有物的女性臉龐似乎正在訴說某件事。

（妳到底——）

妳到底是怎樣的人？

瀧發現自己對這個女生抱有強烈的好奇心。

瀧凝視著鏡子，就這樣朝四葉輕聲低喃：

「妳的姊姊沒問題吧？」

四葉歪歪頭，用極為狐疑的眼神看著瀧如此表示：

「我正在想這個人有沒有問題呢。」

第二話 scrap and build

第二話
scrap and build

1

上學途中，從大聲公傳出的分岔聲音讓勅使河原克彥反射性地停下腳步。

走過桁架橋後，前方有一個由小鎮經營的停車場，可以看見有選舉車輛停在那兒，而且豎起了旗幟。換言之，這是選舉演說。鎮長選舉將近，雖然稱不上人山人海，卻也聚集了十多名聽眾。

這麼一說，早上離家時，玄關那邊沒有父親的鞋子。

「咦，老爸他怎麼了？」

向母親如此詢問，從廚房那邊便傳來「去助選」的回應。

就是這個嗎？

（偏偏在這條路上啊。）

勅使河原一邊邁出步伐一邊在心裡咂嘴。算我求你，可以在我不在場的地方搞這個嗎？

他想盡可能裝出事不關己的模樣經過這裡，走在斜前方的宮水三葉心情大概也一樣吧。她的背影很僵硬，用不著看也知道她露出了怎樣的表情。以複雜編法紮成髮辮再盤起來的後髮微微動搖。

敕使河原沒有轉過頭去，只用視線瞄過去確認。旗幟上寫著「宮水俊樹」，是正在演講的大叔的名字。他是以連任為目標的現任鎮長，也是三葉的父親。

還有另一名大叔身穿作業服站在三葉父親的旁邊，而且將那面旗幟拿得像是長矛似的。敕使河原盡可能不想看到這個人的臉，那是就算在家中也不太想看到的父親的臉龐，在這種地方就更是如此了。他露出了「鎮長由我挺著」般的表情，背後整齊地排列著身穿同樣作業服的年輕男子們。他們有的被迫拿著旗幟，有的則是在發傳單。父親公然動員自己公司的職員助選，從這一點來看根本就是腦袋有洞——敕使河原是這樣想的。

有言道，選舉對現任者比較有利，不過別說有利，現任者根本就是穩贏的。因為現在就是變成了這種機制。眼前就是大叔扛著這種機制的一端，很光榮地手拿旗幟站著的構圖。

敕使河原產生想咂嘴一百次的心情。雖然想迅速經過現場，不過加快步伐又好

像是要逃跑似的令他心生不悅，所以他小心翼翼地走著。

只要想到一大早就看見討厭的東西，腦袋會變重也是理所當然的事。就在此時，有人又落井下石發動追擊。

『三葉！走路時給我抬頭挺胸！』

是手持大聲公的宮水父親，他中斷演講，朝女兒的背影大聲怒罵。可以看出三葉的肩膀變得硬邦邦的。在他人面前，而且還是在大庭廣眾之下像這樣喝斥小孩，老實講腦袋根本有問題。至於聽到這番話的那些阿公阿嬤聽眾佩服地說出「不愧是鎮長，對自己人也很嚴厲啊」的意見，根本就可以說是農村的黑暗面了。如果宮水大叔是看準這一點才故意罵小孩，那他的個性就太惡劣了。

（這是在幹嘛啊。）

才一大早就全是讓肩膀變重的事情，這就像是這座城鎮的扭曲縮影啊。

「啊！我已經受不了這個小鎮了啦！」三葉像耍賴的小孩大吼大叫。

「這個小鎮有點太有個性了啊。」早耶香點頭表示贊同。

哎，會這樣覺得也很正常啦——敕使河原默不作聲如此心想。

所謂的壓力真是恐怖啊。

昨天的三葉顯然很奇怪，此事便是這個話題的開端。所謂的顯然很奇怪，換言之指的就是這麼一回事。長髮跟剛睡醒時一樣完全看不出來有梳理過，忘記在制服上打蝴蝶結，連自己鞋櫃的位置都不曉得，也不知道自己的教室在哪裡。忘記班上所有人的名字，最令人感到愕然的是連敕使河原跟早耶香的名字都變奇怪了。一整天都在放空，或者說是心不在焉，臉上露出「為何自己會在這種地方啊？」的表情。最離譜的是，上課時被老師開口喊「宮水同學」點到名字時，她甚至還沒注意到那是在叫自己。

而且笑聲變成「呼嘻嘻」跟「咿嘻嘻」。

讓敕使河原特別心驚的是，三葉完全沒整理頭髮就來學校。敕使河原上小學前就認識三葉，卻幾乎沒見過這種狀態下的她，頂多也只有在剛游完泳的時候。三葉總是在每一天，就算是假日也一定會把頭髮紮起來，而且編法還相當講究，甚至整齊到讓人想逼問：「妳每天早上要花多少時間綁那種髮型啊？說起來，那是有辦法靠自己綁出來的髮型嗎？」

三葉應該下了「不把頭髮紮成這種形狀就不出現在他人面前」的決心吧。

「她就是用那個髮型，像那樣故意自己束縛自己的喔。」

以前早耶香曾經在三葉不在場時說過這種話。

「因為她處於不好好端正儀表就會立刻被周遭的人說東道西的立場。三葉總是拚了命地端正儀表，那個髮型就像是她要讓自己舉止合宜的儀式吧。」

原來如此啊。

三葉她爸爸是鎮長，自己則是要繼承古老神社的女兒，一到祭典時又得以巫女的身分當主角，而且整座小鎮的人都是信眾，她也因此變成家喻戶曉的人物。只要稍微不修邊幅就會立刻被別人提醒吧。原來她有這種苦衷啊——聞言後，勅使河原恍然大悟。他原本以為那個肯定跟力士的髮髻一樣，是巫女特有的驅魔結界之類的東西。

那樣當然會累積壓力嘍。

在腦袋爆炸，連頭髮也爆炸的狀態下忘掉所有束縛，豁出一切自暴自棄的日子也是有的吧。事情便是如此。

找心理輔導師之類的人士看一下恐怕比較好吧——勅使河原是這樣想，不過他雖然跟三葉親近，卻也不能說出管閒事到這種地步的話吧。哎，真要說起來，這種小鎮上的小高中也沒有心理輔導師這種時髦的玩意兒。不過敕使河原覺得找教古文的小雪老師商量或許不錯。因為那個老師是外面過來的人，所以成見也淺。

順帶一提，今天的宮水三葉很正常。與其說正常，不如用「回過神的狀態」來形容比較貼切吧。

（哎，一點小怨言，要講多少我都聽嘍。）

如此心想的敕使河原認真地聽三葉講話，結果三葉居然整個午休都喋喋不休地說著小鎮的壞話。操場旁有一個場所堆放著預定要廢棄的課桌椅，敕使河原盤坐在那邊的桌上聽著那些話，但這個話題卻一直沒完沒了，尾椎骨到最後還痛了起來。

託上課鈴響起的福，敕使河原鬆了一口氣。不過三葉在放學回家的路上居然說「繼續剛才的話題」，然後又把那個話題說了下去。

「早耶說得真的一點也沒錯，這個小鎮太小又太有個性了啦。」

「我懂，我真的懂。」

早耶香一邊走路一邊插嘴應和。就是因為有這種半吊子的理解者在現場，所以表現方式無邊無際地向上攀升。

第二話
scrap and build

「因為這個小鎮上啥也沒有嘛。」早耶香說道。「電車兩小時才一班耶。」

「而且巴士一天只有兩班。」

「超商九點就打烊了。」

「那個超商其實是麵包店。」

「沒有書店，也沒有牙醫呢。」

「不過小酒吧卻有兩家。」

「沒有工作機會。」

「沒人要嫁來這裡。」

「日照時間又很短。」

「啊啊——我好想快點畢業然後跟這種小鎮說再見喔！我想去東京！想在那兒盡情享受美好的都市生活！」

「沒錯！名古屋根本就不夠看。那邊只是很大的鄉下罷了，要去的話乾脆就去東京！」

「早耶！我們一起去吧！」

「要離開這裡，絕對要離開這裡啊——！」

敕使河原默默聽著這些話，不過聽到一半就開始輕輕咬緊牙根。推著的淑女車後輪嘰哩作響，聽起來就像自己在發出咂嘴聲似的。

「我說妳們啊！」

他不由得吐出焦躁的聲音。

「幹嘛啊。」

三葉用「有意見嗎」的表情轉過頭。敕使河原雖然想大大抱怨一番，不過她已經自己沉醉在自己的朗誦中了，所以不管對她說什麼似乎都講不通。

敕使河原探出身軀咧嘴露出狡獪笑容。

「別講這個了，要不要去咖啡廳呢？」

混濁氛圍瞬間從兩名女生身上蒸發。

「咦，咖啡廳？」

「那是啥啊！」

「時尚的咖啡廳？」

「有嗎？」

「真的假的？」

「蓋好了？」

「在哪裡？」

「好想去唷！」

完全上勾了啊。

三葉生氣地回去了。看樣子，她似乎對這個露天咖啡廳相當不滿意。

「什麼咖啡廳嘛，被騙了。」

早耶香「嘶嘶嘶」地啜飲著罐裝紅茶如此說道。之所以刻意發出聲音，似乎是在表明她的不悅。

「這種東西是由心境決定的唷。」

「那種精神論是怎樣啦！」

早耶香用肩膀頂了勅使河原的手臂。

總之，這裡是巴士站。說到這座小鎮有哪裡可以坐在位子上喝茶嘛，頂多也只有這裡了。在巴士站牌後面擺著一台自動販賣機。鄉下的巴士站由於沒有經費設置

路燈，所以經常可以看見自動販賣機擺放在那兒用來代替夜間照明的光景，至於營業額則會成為維護費用。

「可以喝茶的地方就是咖啡廳呀。」

「這是詐騙。」

「這不是詐騙喔，是文字陷阱。」

「囉嗦啦。」

自動販賣機旁邊擺著褪色的水藍色長椅，勅使河原跟早耶香肩並肩坐在那兒。長椅背面是勉強還能看見的反白文字寫著冰淇淋的廣告，老舊得就算說它從明治時代就存在於此也會有人相信。

背後的民宅原本是粗點心店，不過店主老爺爺死掉後就變成廢屋了。木板牆壁上貼著白鐵做成的咖哩調理包招牌與蚊香廣告招牌。這塊招牌上的廣告藝人們大概得面臨永遠在這裡繼續微笑下去的命運。

這座小鎮不可能有什麼時尚咖啡廳吧。

雖然心裡也想撂下這句話，還是不想說出口。

勅使河原是當地建築公司的繼承人，公司的名字是「勅使河原建設」這種毫無詞藻修飾的名稱。父親雖是公司的社長，不過散發出來的感覺與其說社長，不如說是「師傅」或「老大」還比較接近。

蓋在這座小鎮的地上物，可以說大約有八成都是勅使河原家蓋的。公司擁有採石場，也有在經營水泥場。

總之，勅使河原這個孩子的家在當地扎根扎到不能再深了。

雖然不是富家公子這麼了不起的存在，不過在這座小鎮裡也不是沒人用類似的眼光看待他。

總之，說到這些話到底想表達什麼嘛，那就是勅使河原揹負著那種無論如何都不可能離開這座小鎮的際遇。原則上，地方上的建設公司不可能突然跑去東京、名古屋，或是福岡拓點，當地就是它唯一賺錢的場所。就算可以去東京之類的地方念大學，背上仍是綁上了繩子，無論如何都會被拉回故鄉。

早耶香不明白這種背上被縫了橡皮繩的感覺吧。

勅使河原也不是沒有「要永遠離開這種小鎮」的心情。

不過他不能這樣做。

做出這種事情的話，就會給員工造成極大的困擾。對小規模的企業而言，擁有

明確的繼承人——公司確實擁有存續性是很重要的事。這一點一旦變得不穩定，人們就會在轉眼間開始離去。人一旦離去，公司就會變得更不穩定，然後就會發生空中解體的情況。一般而論，世襲制並不好，但這種論調對鄉土氣息濃厚的土地上的這種規模的企業根本沒有任何說服力。用略微誇張的方式來形容的話，公司會不會像掉牙齒般東缺一塊西缺一塊搖搖欲墜，都取決於敕使河原的一念之間。

既然如此，就只能在這塊土地上站穩腳步好好奮鬥了吧。

如果絕對不能離開「這種小鎮」，就只能改變這座小鎮了。

就只能把小鎮變好到不會讓人「想要離開」不是嗎？

敕使河原建設公司擁有建築的能力，所以做得到這件事。有必要製造有魅力的事物增加這座城鎮的魅力，而且對敕使河原來說這也是唯一的路。

只能在這裡好好努力下去。

明明這樣想，做出了覺悟。

就別說什麼「這種小鎮毫無價值」之類的話啦。

這是敕使河原的真心話。

去咖啡廳吧——之所以像這樣邀約兩人，裡面的梗卻是「所謂的咖啡廳是自動販賣機的前方」，並不是在開玩笑也不是靈機一動的點子。

所謂的「由心境決定」也完全不是藉口。

用現有之物滿足欲望吧。

先從滿足起步，然後再稍微想點辦法吧。

雖然想說出這種話，可是他卻說不出口。與其要說出如此羞人的話語，用臼齒嚼象鼻蟲一百次還好多了。而且就算說出口好了，對這些女人也講不通吧。

「三葉回去了耶。」

「她當然會回去嘍。」

不過，也不要氣呼呼地回去啊……這是敕使河原對三葉毫不虛偽的心情。

「三葉真的很慘啊……」

「是啊……」

因為她是主角嘛——敕使河原如此低喃後，早耶香說著「對呀」附和。

當地古老神社的小孩，這個身分也不容小覷。就是因為從小看到大，所以敕使河原相當清楚其中的辛勞。宮水神社是女系，所以周遭的人應該期待三葉繼承宮水婆婆的志業成為神主才對。

在這種神社當巫女，跟待在社務所隨便賣賣破魔箭就行的打工巫女等級截然不同。古老傳承這一類的麻煩玩意兒堆得跟山一樣高。

一到村祭之時，三葉就必須成為核心人物。她得完全學會並且完美地跳出要在這種場合當眾表演的神樂舞。神樂舞的種類據說有十多種。

下星期日的典禮是為了事先替這個村祭做準備，她在那邊應該也會表演舞蹈。在那之後是全日本也只有宮水神社才有的獨特儀式。如果是一千年前，就能毫無違和感地實施這個儀式，不過就現代人的感覺來說有些噁心。三葉必須在大批參觀群眾面前表演這件事，而且地方上的有線電視台也會前來採訪。讓有著玻璃心的青春期女孩在眾人面前做出這種事，已經算是虐待了吧。

三葉說過自己對那件事真的討厭到不行。

（也是啊……）

就算三葉拜託敕使河原出面代替，他也絕對不肯。

想要拋開一切遠離神社，在大都市像個笨蛋熱情地生活，或許也是理所當然的事情吧。

她現在似乎有著「宮水神社毀滅也無所謂」的想法，不過如果真的表明這種念頭，就會造成一場不能說是小紛爭的混亂吧。

（那傢伙會怎麼做呢？）

敕使河原沒完沒了地思考這種事，一邊用指頭招了招睡在隔壁空地的狗兒。狗兒起身後乖巧地走近這邊，而且就算伸出手，牠看起來也沒有畏懼的模樣，所以敕使河原摸摸牠的頭又搔了搔後頸。雖然想餵牠吃東西，不過不巧身上什麼也沒帶。現在拿不出任何東西……或許是很適合如今這種狀況的主題吧。

「……欸，敕使。」

「嗯？」

「高中畢業後，你要做什麼呀？」

「幹嘛突然問這個，要聊將來嗎？」

「嗯，沒錯。」

敕使河原也明白這是跟距離感有關的問題。早耶香試圖測量自己跟敕使河原之間的某種距離。

「呃，也沒有要怎樣……」

他一邊倒摸著狗的皮毛，一邊下意識地垂下臉龐。

「就很普通地一直在這座小鎮上生活吧，我想。」

他如此回答。

「是嗎……」

早耶香的應和聲很中立，所以不曉得她對這個回答有何感想。勅使河原天經地義般回答了早已註定好的事。就這層意義而論，這個回答並不是在打馬虎眼，不過他完全沒有表述自己想怎麼做的意志。

（我要怎麼做呢？）

他並不是沒有些許迷惘。

2

這是當天夜裡發生的事。勅使河原盡可能不想去樓下，所以窩在二樓的私人房間翻閱《無線生活》月刊。

吃晚餐嘍——母親傳來了這樣的聲音，勅使河原瞬間浮現跳過晚餐不吃的念頭，卻又立刻領悟到這是不可能的事。一旦做出這種舉動，開始在肚子裡翻身的虛無感似乎會猛烈地暴動起來。

他下到一樓，在前往盥洗室洗手的途中無論如何都必須經過和式客廳。在玻璃和式門的另一側，宴會已經開始了。

酒意似乎已經上來了，醉漢特有的咯咯笑聲襲向敕使河原的單耳。宮水俊樹後援會向外燴料理店點了菜餚，在打通兩個房間的和式大客廳裡擺放家裡的茶几矮桌，聚集了一大票人在那邊開選舉前的打氣酒宴。

光是從旁邊經過都感到莫名厭惡，敕使河原用肥皂仔細地洗了手。為了前往廚房，他不得已又從旁邊經過一次，卻隔著玻璃聽見宮水大叔正在發表演說的聲音。傳入耳中的是大叔表示「這次選舉受到各位與後援會長不少關照」這類的話，然後是後援會長——也就是敕使河原的父親說出「請包在我身上，門入地區跟坂上地區一帶已經鞏固好票源了」這種應和的話。接著座位上發出「喔喔——」的聲音。

在「喔喔——」啥啊？

在大聲說出這種露骨話語的時間點，腦袋就已經很有問題了。沒人要來吐槽一下嗎？

在廚房那邊，母親端出菜餚，勅使河原自己加上白飯跟味噌湯，然後把晚餐大口扒進嘴裡。和式客廳突然傳來轟笑聲，是某人說了無聊的冷笑話吧。縣警乾脆過來搜查好了。

「有腐敗的氣味啊。」

他如此喃喃低語後，母親聽見了便斥責他：「你在說什麼啊？」

既然被問到「你在說什麼啊」，勅使河原就打算實話實說。

總之就是建築公司驅使地方上的影響力固票，讓現任鎮長宮水先生連任，然後城鎮再向建築公司發包工程做為回饋這種典型的官商勾結。勅使河原對這種事感到難以忍耐。

（真難受啊……）

我總有一天也要做這種事嗎——他如此心想。

「越後屋，你也真是壞心啊。」

「哪裡哪裡，這也是代官大人教導有方呢。」

「你這小子，哇哈哈哈哈。」（註：日本時代劇中官商勾結的橋段）

勅使河原不由自主在腦袋裡試著演起這種一人短劇，無言地將視線望向左右兩邊分飾兩角。

在那之後，他露出了完全認真的面容。

真是愚蠢。

在隔壁的和式客廳裡，有一群傢伙一本正經地做著這種蠢事。

而核心人物就是自己的親生父親。

真令人受不了啊——敕使河原如此心想。

自己的飯錢是從這種事弄來的，這個事實也讓他感到更加難以忍受。

敕使河原並沒有極度的潔癖。不過，微微存在於自己心中的那個潔癖的部分正被精準地鞭打刺激著。

骯髒的事。

如果這座城鎮是靠這種東西運作，好像會對它感到厭惡。

雖然不願這樣想，卻好像要厭惡起它了。

雖然對這座糸守鎮的情感比普通居民還要深厚。

雖然這份情感絕對不只是因為自己必須在糸守鎮生活下去才產生的。

雖然有人說小鎮的壞話會讓自己感到不悅。

然而——

有時候——

還是會想把整座小鎮一起炸掉。

有時會浮現想破壞一切，將這裡變成空地的念頭。

我家的建築公司有能力將土地變成空地。

想破壞掉一切讓這裡變成空地，然後只把漂亮的東西擺到上面。

就這樣待在這座小鎮的話，自己好像會漸漸腐化。

這樣下去的話，自己肯定會變成用若無其事的表情把金黃色點心拿去給代官大人的老頭（**註：金黃色點心是金幣的暗喻**）。

就是因為這樣才想將小鎮破壞殆盡直到體無完膚。

雖然如此心想，另一方面卻還是愛著這座小鎮。

想靠自己的力量改變小鎮。

為了達到目的，就有必要繼承家業吧。

不過一旦做出這種事，自己大概會漸漸腐敗下去吧。一看就曉得只要繼承了公司——「為了維持員工的薪水跟生活」、「為了運作設備跟資源」、「需要穩定的訂單」、「與行政體系之間的關係變得重要」。

可以預見這種話會一個個纏上來，立刻就會變得無法動彈。不斷輪迴重覆。

就是因為這樣，才會想破壞掉一切。

想要翻掉擺滿料理的桌子。

只要整座城鎮消失，美好的回憶便會永永遠遠地殘留在心中嗎？

要怎樣讓它消失才好呢？

就像現代的大樓爆破一樣，在重要場所安裝爆裂物，然後按下按鈕讓一切灰飛煙滅——也不能這樣做吧。

如果有火山，還能有促使火山爆發啦，或是有怪獸從火山口復甦之類的夢想，不過很不巧，這附近真的都是普通的山。託這點的福，這裡連溫泉都不會冒出來。

所以說如果沒掉下核子彈，這種事就不可能成真。不過某國或它隔壁的某國，還是再隔壁的某國都不會把彈道飛彈瞄準這種深山裡的農村吧。

這麼一說，以前——與其這樣講，倒不如說是前世紀末時，似乎有一個叫作「諾斯特拉達姆士預言」的玩意兒。那是「一九九九年是世界末日」的超自然系謠

傳。當時正在冷戰的高峰期，而核戰就是迫在眉梢的存在，所以許多人都把這件事當真了（敕使河原是《ＭＵ》超自然雜誌的死忠讀者，所以對這種冷知識所知甚詳）。

為啥沒在當時毀滅啊。

諾斯特拉達姆士真令人失望。給我負起責任啊，五島勉（註：作家兼記者，其作品以宣傳諾斯特拉達姆士預言而聞名）。

——想到這裡時……

（這算啥啊。）

敕使河原回過神。今天一整天陸續發生了令人焦躁的事，所以心情似乎很激動。總覺得好像有點要失控的感覺。

這麼一說，應該有一本小說就是在講主角因為喜歡過頭而感到痛苦，所以鑽牛角尖地想說心愛的寺院乾脆不存在就好了，最後放火將它燒掉的故事（註：三島由紀夫的《金閣寺》）。

唉，總覺得可以明白這種心情。

廚房的拉門喀啦喀啦地開啟，父親走了進來。他在襯衫跟領帶上套上作業服，這副扮相看起來實在很有建築工人的風格。俗語說恨屋及烏，事情走到這個地步，看什麼都不順眼了。

「喂，再拿兩三瓶過來。」

「好好好。」

母親去點燃瓦斯爐的火。

父親從背後用強勢語氣說了：

「克彥，週末到現場幫忙。我們要使用火藥爆破，給我過來見習。」

「……嗯。」

「你的回答呢？」

「喔。」

勅使河原用完全表現出叛逆期的表情如此低吼表示回應。

（爆破啊。）

就是要用炸藥對老舊建築物進行爆破處理，叫他過去看的意思。

為了繼承事業的初步見習就是這個嗎？還真是諷刺不是嗎？

進入自己的房間後，勅使河原想讓室內通風一下，所以打開了窗戶。開起來不順暢的老舊木框玻璃窗發出喀噠喀噠的聲響。夜晚的風又涼又濕潤，吹起來很舒服。勅使河原就這樣把屁股放上窗框，將手肘置於花架邊緣。

真想抽菸啊——心中雖然這樣想，不過菸抽完了。

如果在當地購買，謠言立刻會傳遍整座小鎮，所以只能出遠門買香菸。雖然去岐阜市區時會一次買齊，不過由於去那裡的機會並不多，所以無論如何香菸經常會抽光。

鄉下的夜晚幾乎是一片黑暗。

雖然聽說目前正在跟附近的村鎮還有縣市聯合起來推動設置路燈的事業，不過總覺得這座小鎮要確實地整備好路燈大概是五十年後的事情了吧。

宮水神社鳥居的紅影朦朧地浮現在這片黑暗中。

在登上坡道後的山腰，那座神社有如要驅趕周遭黑暗般點著炯炯燈火。

三葉跟四葉恐怕在練習舞蹈之類的東西，而且練得很晚吧。

（真的很辛苦啊……）

敕使河原這樣想了無數次。

他心中忽然浮現三葉撞見父親在進行競選演說，肩膀因此整個僵住的模樣。

雖然覺得宮水三葉這個女人原本的個性並沒有這麼神經質，不過每天都從不同的方向一點一點被傷害的話，當然也會變得神經過敏了。

去幫忙家業時，幾乎有一半的成分是被當成展覽物觀賞，平常總是會受到眾人矚目，連喘口氣的時間都沒有，偶爾跟分居的父親碰面，對方態度又很強勢。那個父親還有黑金謠言纏身，而且那些八卦老是會乘著風飄進耳中。

像這樣試著整合起來——

敕使河原真的同情起她了。

3

一個月左右的時光過去了。定期測驗的最後一天平安無恙地結束（就答案的角度而論並非平安無恙就是了），當天傍晚，就在敕使河原在公司的機車停車場調整

輕型機車時，「魚住大哥」晃到這裡露了面。

「少爺，廢棄材料那邊出現了好貨色喔。」

他如此說道。

「真的嗎？」

「我幹嘛要說謊啊。哎，過來看看吧。」

魚住大哥是勅使河原建設公司的員工。他雖然只有二十七歲，不過十五歲時就進了公司，所以比老手還要厲害，在公司裡扮演的角色類似小伙子們的老大。勅使河原就像是跟他一起玩大的。他的興趣也跟勅使河原很像，既有辦法調整機車，也會做電工。他在山裡面有一棟房子，裡面大量堆放著他自己製造的擴大器跟喇叭。說起來他原本住在大垣市，不過他卻是一個怪人。移居糸守鎮這個人口稀少的地區，理由就只是因為他想用會弄壞耳朵的爆音聽前衛搖滾而已。

不，與其說興趣相近，不如說勅使河原幾乎都是受他的影響才有了無線電這個嗜好。

他之所以沒進高中升學，據說是因為對學校跟老師這類事物有著嚴重的不信任感。對學校抱持不信任感雖然相對常見，不過乾脆地下定決心一輩子再也不去那種地方可就不是很普通了。

小時候就跟這種青年玩在一起的話，當然會培育出反骨精神了。

被這個魚住大哥叫到廢棄材料放置場後，真的有好貨色擺在那兒。

是從大樹幹取下四角柱後剩餘的側面部位。其中一邊是平面，另一邊是曲面，面積大約比一張榻榻米要小一圈。的確，這東西跟勅使河原心中的概念一致。

「要加上桌腳才行啊……」

勅使河原如此說道，專家便給了建議。

「桌腳不要拿那邊還沒加工過的圓木，使用削整齊的圓木棒比較好喔。這樣不但好施工，設計也會有時尚感。」

「嗯，我今天會削好做出來。明天可以替我運送這個嗎？」

「你事先把東西跟工具一起放到五號車的貨架上。」

「你真的是幫了大忙。」

「完成後要塗上亮光漆喔。」

「可是木頭的質感就……」

「會淋到雨吧，這樣會爛掉喔。」

「可以從資材場那邊拿走亮光漆嗎？」

「我不會說出去的，誠心感謝我吧。」

勅使河原朝魚住離去的背影合起雙掌。能免費得到材料跟工具只是家裡做這一行的好處，不過人際關係不佳的話就得不到親切的建議了。

在那之後，勅使河原立刻使用升降台車將巨大的廢木材放上卡車。然後將事先從堆積如山的廢料中挑出來的圓木運送至加工場，使用木工車床與打磨機做了四根粗木棒。接著從工具放置場將自用的木工工具整套拿出來，將它們與粗木棒一起放上卡車。

工作告一段落後，勅使河原繼續調整輕型機車。他拔掉火星塞換掉，補充二行程機油，用水嘩啦啦地大致沖洗車體後，用破布將機車椅擦乾，然後騎著這輛濕答答的輕型機車回家。

進自己的房間後，勅使河原拿起手機開啟通訊APP，傳訊息給早耶香跟三葉。

『明天放學後把時間空下來。』

隔了約五分鐘後，傳來早耶香的回應。

『為什麼啊～～？』

接著三葉也傳來回應：

『為什麼啊～～？』

是回音嗎？敕使河原笑了。

敕使河原他們的高中在考完試的隔天只有五節課。在因此空出來的這段時間，老師們似乎會分析所有學生們的考試結果，重新檢討評分標準，或是在來不及打分數的答案卷上拚命劃圈打叉。

早上到了教室一看，處於「狐狸附身」模式的三葉就在那兒。

三葉最近偶爾會變成這樣。雖然說是狐狸附身，但不表示會特別發出怪聲，在野外挖掘土撥鼠，卯起來把炸豆腐吃得到處都是，或是舔油燈裡的油（只不過如果有油燈，她去舔的可能性也不是零就是了），而是指穿著皺巴巴的衣服出現在別人面前，將周遭的人的名字與關聯性忘得一乾二淨的這種狀態。

在這一個月當中，約有七八次變成這樣。

而在這七八次之中，做出怪異舉止的情況也增加了。像是沒有穿內衣跑去打籃球，讓高中男生卯起來大飽眼福；把裙子裡的白皙玉腿大剌剌地伸長在通道上坐著，讓還很敏感的高中男生小鹿亂撞；啪噠啪噠地走路讓班上女生在一旁為她捏一把冷汗（有幾次還自然而然地形成由女生所構成的人類防護罩）。就這層意義而論，雖然沒發出怪聲，或許也可以說是行為怪異了。

為何一眼就能看出她現在是「狐狸附身」模式，理由就是髮型跟平時不同。

雖然在腦袋上將長髮紮成一束，感覺卻極為自暴自棄，與其說是馬尾，說是佐佐木小次郎在漫畫或連續劇裡的髮型還比較貼切。如果把木刀隨手交給她，她似乎會立刻把在那邊飛來飛去的燕子或麻雀斬成兩半。

三葉會像這樣變了個人似的，所以勅使河原暗中稱這種狀態為「被某物附身，即被狐狸附身」。然而，這種狀態倒不如說是宮水三葉從束縛自身的無形規矩中得到了解放，所以或許應該稱為「附身物消失」才對。可是從另一方面來說，能像潮來巫女一樣讓在天堂的麥可憑依在身上，或許還是算有東西附身吧（註：潮來巫女是恐山的一種巫女，能使用降靈術）。

事情便是如此。三葉以記憶力這一方面不能信賴的狀態現身了，所以勅使河原

他──

「嗨，妳記得今天的約定吧？」

三葉的回答正如所想。

「呃，什麼約定？」

「我不是叫妳把下午的時間空出來嗎？跟早耶一起。」

三葉朝半空輕聲低喃「有這種事也先通知一下嘛」的謎樣話語後，又說：

「啊，是喔。對不起嘍，在下完全沒有印象。我想自己並沒有預定要做什麼，所以完全不成問題。」

「妳素隨啦？」

敕使河原不由得用關西腔吐槽。這傢伙的語氣連半點連貫性都沒有。

「你才素隨咧，你這個假關西人。」

早耶香插嘴吐槽。

「嘴上這樣說，不過妳也一樣是哪位呢？」三葉如此吐槽早耶香。真是完美的食物鏈。

放學後，敕使河原帶著三葉跟早耶香前往巴士站。在巴士站牌旁邊有一間老舊的粗點心店，它的另一邊是一塊空地。為了不讓塵土飛揚，地面上鋪了小碎石。

「幹嘛？所以說要去哪啊？」早耶香狐疑地問道。不管要去哪裡，下一班車都要傍晚才會過來。

敕使河原沒有回答，而是朝道路下行的方向揮起手。

「喔，來了。這裡，這裡。」

敕使河原建設公司的小貨車進入巴士站旁邊的空地。左右邊的車門開啟，魚住跟本昌下了車。本昌是公司員工，比魚住年輕一些，由於長得像前中日隊的山本昌，所以被大家稱為本昌，但據說本名是權藤（註：權藤博為前中日隊投手）。本名跟綽號都是中日隊投手，然後本人則是阪神球迷。

敕使河原甚至來不及幫忙，兩人就在轉眼間將東西搬下貨架。外行人不要亂幫忙速度反而比較快，這就是職業專家厲害的地方。

「這樣就行了吧？」

「嗯，多謝了。」

「叫社長替我加薪嘍。」

兩人表示還有工作要做後，再次坐上貨車一溜煙就回去了。離開時動作也很乾淨俐落。

「那麼——」

敕使河原輕敲堆起來的廢棄材料跟木材。

「一直說這個沒有、那個沒有也只是在原地踏步而已。欸，三葉。」

「咦，幹嘛？」

被叫到名字，三葉吃了一驚。

「話說，這是什麼啊？」

「這個嗎？這玩意兒從現在起，將會變成活用木材觸感的某種北歐家具。」

「咦？」

「沒有的話，只要把東西做出來就行了。不是在那邊因為沒有時尚咖啡廳而失望，而是自己動手做。從現在開始，這裡就是咖啡廳的建築預定地喔！」

三葉露出有點吃驚又有點困惑的表情，早耶香皺起眉歪了頭。

三葉開口：

「那是可以製作的東西嗎？」

「別小看建築公司的兒子啊，模仿木工榫接這種小事我還做得到喔。」

「那牆壁或天花板之類的呢？」

「雖然做不到那種程度，不過我會擺上氣派的桌子跟椅子。」

「是露天咖啡廳。」

「就是這麼回事。」

早耶香發出狐疑的聲音。

「由你來做呀？」

「想讓我一個人做嗎？妳們也要動手喔。」

「咦～～？」

「我做我做～～」

反應分成了兩邊。真令人意外。

上鉤的人是三葉，這一點也讓人意外。就勅使河原的印象，還以為她會說出「嗯～～這種事人家又沒做過」之類的話，然後把手揹在身後。

不過，這樣的發展還不錯。

4

敕使河原量材料的尺寸，然後用筆做記號；三葉則是用鋸子把那邊鋸開。分工合作的方式就這樣定案了。

拿起敕使河原的鋸子後，三葉轉動手腕有如表演中國武術般拿著它揮舞了好一會，接著倏然靜止擺出姿勢。就是男生拿到刀刃類物品後絕對會做的那種舉動。

「哎呀，我早就想試一次真正的ＤＩＹ了呢。」

敕使河原抬起臉。「不要用ＤＩＹ那種娘娘腔字眼，這可是工藝製作啊。」

「是嗎？那我們就是工人了呢。」

意思偏差得很微妙。

看著圓木上的記號，三葉說：「把這個弄成兩半就行了嗎？」

「嗯。」

「就像把圓木橫切後，直接放在地上當椅凳那樣？」

「那樣也太普通無趣了吧，我至少會加上椅背。可以的話，我想在椅面上削出凹下去的形狀，不過嘛，這是今後的課題了。」

「唔——」

三葉用鋸子抵住圓木輕輕鋸下去，然後緩緩用單腳使勁踏住圓木樹幹，猛然動起鋸子。

這個舉動讓早耶香大為慌張，從後方抓住三葉。

「喂喂喂，不行不行啦。」

早耶香如此說著緊緊貼住三葉，三葉不知為何也慌張了起來。

「啊～～名取同學早耶香同學不行不行不要碰我我會被罵的。啊啊不過不是我主動碰的所以沒關係吧。還是有關係？是怎樣呢？」

「妳在說啥啊？」

「呃，總之不要緊貼著我，這樣對敕使也不好意思。」

「啊？」

早耶香「啪」的一聲拍了三葉的背。

「總之請妳自重啦！前陣子才被班上同學罵吧～～」

「是……」

看來班上的女生之間似乎談過些什麼。感覺好恐怖，敕使河原實在不敢開口問發生了什麼事。

三葉合起腿蹲下來，用左手壓著裙子一邊用單手移動鋸子。她沒辦法好好使用鋸子鋸木頭，背影看起來很不甘願。

真是沒辦法，我也來做些什麼好了——早耶香如此開口，所以敕使河原將磨沙機交給她，然後教她打磨桌板的方法。他要將魚住留下來的大樹幹廢材加上腳，讓它變成桌子。

「這是什麼啊？」道具交到手中後，早耶香如此詢問。

「是磨沙機（sander）。嗯，就像用電力運作的銼刀啊。」

「雷、電（thunder）。」

三葉發出謎樣吆喝聲。她絕對是搞錯了什麼。

敕使河原開始準備在桌板上加上桌腳。桌腳本身昨天就事先準備好了，接下來要在桌板的背面挖出插入孔。

三人動手做著三種不同的工作。過了一陣子，三葉突然說了句：「啊，真是的！」然後站了起來。

她手持鋸子大步走向放著三人份書包的地方，然後從自己的書包裡取出手機開始撥電話。對方接起了電話。

「啊，喂？嗯，嗯。呃，我想請妳幫個忙耶。」

三葉一邊用鋸子平的那一邊啪啪啪地敲打肩膀，一邊朝手機說話。

「不不不，別這麼說，我會請妳吃冰的。咦？哈根達斯？可以啊。真的，真的真的。」

大約三十分鐘後，宮水四葉拎著紙袋現身了。「這樣就行了吧？」她如此說著，將那個紙袋遞給三葉。

「謝嘍，小四葉。」

「小？」四葉覺得有些噁心地回望姊姊。

紙袋的內容物是運動褲。三葉迅速地將運動褲穿到裙子下面，用「這樣就沒問題了吧」的表情望向早耶香，然後弄彎鋸子讓它發出嘰嘰的聲響，以有如想狠狠摺

下「臭傢伙」這種台詞的氣勢用鞋底使勁踏住圓木，就這樣爽快地開始拉動鋸子。

「這把鋸子很好鋸呢。」

「當然嘍，畢竟它是木工專用的嘛。」

「裙子內搭運動褲還不錯耶。之前我一直覺得裙子內搭運動褲根本是在亂搞，不過這樣很不錯。」

「我倒覺得是在亂搞啊。」早耶香一邊移動磨沙機一邊如此低喃。

用蹲姿壓著裙子一邊進行作業的早耶香突然說：「對了，我們可以擅自使用這塊空地嗎？」

「哎，應該沒問題吧。」勅使河原回答。

「真的嗎？不會被罵嗎？」

「這裡是粗點心店老爺爺的土地吧。如果我開口拜託，已經死掉的老爺爺絕對不會說不要的。」

「嗯——哎，或許是吧。」

「這種當地民情還真猛呢。」不知為何，三葉用局外人的口氣如此說道。

四葉坐在那張寫有冰淇淋廣告的水藍色長椅上，一點一點啜飲由姊姊出錢買來的蜂蜜檸檬汁。

好像很無趣地看了一會事情發展後——

「這是在幹嘛，在製作什麼嗎？」

「妳覺得這是什麼？」三葉如此問道。

「……聊八卦的地方？」

敕使河原說：「用更時尚一點的名稱比較好啊，可以吃吃喝喝的地方。」

「飲食區。」

「可惜，差一點。」早耶香如此說道。

當然，這不可能一天就完成。

全神貫注敲打鑿子的敕使河原忽然抬起臉。既非白天也不是夜晚，而是夾在中間的時光氛圍在不知不覺間悄悄接近。

敕使河原與早耶香不約而同地——

（今天差不多就弄到這裡吧。）

散發出這種氣息站起身，但三葉沒有停止作業。她剛剛正在弄椅凳底下的水平面，現在則緊緊抓著木材，簡直像是想拒絕現場這種準備回家的氛圍。

早耶香把手揹在身後，身軀左右搖晃，抬頭仰望天空。

「是分身之時了呢。」

然後如此低喃。

三葉微微抬起臉，朝早耶香瞄了一眼，露出像在責問某事——與其這樣講，倒不如說像是漏聽了什麼重要訊息的表情。接著她死心般從工具上移開手。

「用不著那麼拚命啦，慢慢做就行了吧。」

「是沒錯啦。」

三葉一邊把拇指插進口袋站起身，一邊喃喃說道：

「因為我不曉得下次何時能過來這裡。」

「啊？」

她在說什麼？

「真捨不得離開啊……」

三葉用無精打采又難過的眼神看著漸漸沒入山脈稜線的赤紅色夕陽。

那姿態實在太美，敕使河原覺得好像連自己都要感染她的那種心情，使他產生一種喉嚨下方被溫柔地弄傷的感覺。

敕使河原開口詢問：

「妳啊，不是想離開這個啥都沒有的小鎮嗎？」

「咦？為何？」

三葉看起來不像在裝傻，她的反應感覺爽朗又純粹。

「妳明明說過啊。」

敕使河原如此說完，三葉移開視線仰望上空，看起來簡直像在責怪在天上的某個人似的。

「為什麼會說這種話呢？」三葉在黃昏時分的光粒中如此低喃。「這座小鎮明明什麼都有。乾淨的空氣、好喝的水、芬芳的風、發亮的湖、深邃的星空……」

「妳呀，有時候真的像是變了個人耶。」

「咦？」

三葉不知為何為之一驚。

「是受到寶塚男角色的影響嗎？」

「寶塚啊……」

進行這一連串對話之際，在勅使河原心中，宮水三葉此人的位置有如切換開關般啪的一聲改變了。

在勅使河原腦袋裡雖然進行了極為複雜的處理過程，不過硬要將這個過程轉換為語言的話，就是這麼一回事。

三葉這傢伙雖然一直說些有的沒的……

卻還是確實看到了這座小鎮的美麗之處，而且認為這些事物很有價值嗎？

什麼嘛。

心中鬆了一口氣。

啊啊——

這傢伙人不錯嘛。

這傢伙是個好人，值得信賴。

勅使河原如此心想。

這傢伙是能跟我心意相通的人。

他初次對三葉產生這種想法。

勅使河原跟三葉是從上小學前就玩在一起的青梅竹馬，而且關係也很親密。話雖如此，勅使河原對她並沒有完全推心置腹。

意思當然不是指勅使河原不喜歡她的個性，甚至可以說正好相反，在某一個時期，勅使河原還對她抱持著些許情愫。

事情並非如此。之所以無法輕易推心置腹，就只是因為勅使河原是男孩子，而三葉是女孩子而已。

就算對象換成早耶香也一樣。

性別一旦不同，果然就會有情感上的隔閡。

對方會有這種隔閡，而自己這邊也一樣。

感覺上的差異太大了。

所以勅使河原不曾率直地說出真心話。他自己是這樣，而對方大概也是吧。

然而此時此刻——在當地語言裡被稱為分身之時，也就是「彼為誰人」這個光線與黑暗的交界處，勅使河原心中「反正說了也不通」跟「反正聽了也不懂吧」這種隔閡般的存在被掩埋消失了。

「我啊——」

勅使河原突然開口。

「我也想離開這種城鎮，可是我做不到。因為我身上揹負著責任跟道義這種東西。而且這種小鎮雖然很討厭，卻也有令人喜歡的地方。甩頭就走，離開這裡雖然很爽，不過我心中也有留在這裡努力下去的心情。我要親手把這裡打造成用不著被別人說是『這種小鎮』的城鎮，我心裡想的就是這種事啊。」

一口氣說完後，在場的人各自陷入沉默。

這種時候，普通女生會做出「啊？」或是「突然講這幹嘛啊？談起自己還真煩人耶」的反應。至少在勅使河原的世界觀是如此。

宮水三葉的反應卻不是這樣。

她表情認真地點點頭。

「我說呀，早耶、勅使。」

或許這是第一次聽到被「狐狸附身」時的三葉用早耶跟勅使這種稱呼。

三葉朝這邊靠近，緊緊閉上嘴一會後。

開口如此說道：

「不久後，我會把事情都告訴你們的。」

第三話

earthbound

第三話
earthbound

1

靜靜拉開紙門，悄悄窺視姊姊的房間後，宮水四葉癟起了嘴。

現在是平日的早晨。四葉極不貪睡，今天也是準時在六點清醒，猛然彈起身軀輕巧地站在褥墊上，將玻璃格窗的內窗與木框老舊的外窗喀啦喀啦地一起打開。她對晴朗的好天氣感到滿足，然後將棉被曬在窗緣上。

她在更衣間的洗手台用肥皂「嘩啦啦」粗魯地洗臉，幾乎在一分鐘內換裝完畢，用梳子梳好頭髮後分成兩把紮在耳朵上方。

做完這些事情後——

（啊，肚子餓了……）

四葉讀的糸守小學裡有一個以前在白川村當過住持的老爺爺老師。

這個人的口頭禪——

「這也是人生的試煉。」

就是這句話。由於這句話他每天都非講不可，因此糸守小學的所有兒童都至少模仿過一次。

四葉是這樣想的。肚子咕嚕咕嚕叫，嘴裡低喃「啊～肚子餓了」的這個時候，負責煮飯的人卻還沒有要準備飯菜的跡象，而且似乎還得等上一段時間……的這個局面，應該也是「人生試煉」之一吧。

身為小學生的四葉並沒有把這個字眼當真，卻也用小學生程度的思考能力大致朝這個方向思考。

「啊啊——人生的試煉啊。」

四葉試著如此說道，卻被前來將衣物丟進洗衣機的外婆如此反問：

「這是什麼意思啊？」

四葉「就是這樣那樣」地當場說明後，外婆她——

「那就去叫早飯起床吧。」

至於為何早飯還要一陣子才能準備好嘛，就是因為①今天輪到姊姊三葉負責煮飯，②三葉本人還沒起床。

就算從妹妹四葉的眼光來看，三葉這個人真的有點脫線。她雖然不會忘記做功

課，而且成績也不錯，卻好像跟這世間的節奏差了半拍。

要說她個性溫和，聽起來是很悅耳沒錯，不過她有時候會脫線到非比尋常的地步，感覺好像正從外星人那邊接收指令一樣，真的很可怕。順帶一提，把外星人云云這種概念塞進四葉腦袋裡的人，就是勅使這個只有體格有些壯碩，住在附近的男高中生。

由於正值多愁善感的年紀，所以似乎有時會失眠。「我正值多愁善感的年紀，所以有時晚上會失眠。」實際上，三葉就曾對四葉這樣說過。

的確，三葉似乎有時候會怎樣都睡不著。四葉半夜打算去洗手間，從三葉房間前方的走廊經過時，會傳來她在榻榻米上翻來覆去的聲音。

姊姊在幹什麼啊——就在四葉一邊這樣想一邊打算走過去時，房內突然傳來姊姊的低喃聲：

「——啊啊，活著真難受。」

別管了，快睡覺啦——四葉雖然很想這樣講，心裡卻覺得有點太詭異了而不想打開拉門，便放棄了這個念頭。

而且姊姊只要一睡著，就會頑固地一直睡下去。四葉曾試圖叫醒在日式客廳睡午覺的三葉(因為妨礙到她打掃),可是不管四葉怎麼搖怎麼拍打,三葉都沒有起來(她是真的打下去了)。四葉用神樂舞會用到的響鈴跟太鼓在三葉耳畔試著弄出吵鬧的聲響,不過三葉還是不起來。就算把耳機塞到她耳裡,然後用最大的音量播放死亡金屬樂,她大概也不會起來吧。

現在要叫醒那個頑固地一直睡不肯起床,早上總愛賴床的姊姊三葉。使勁朝腳底的穴道按下去,她會起來嗎——四葉一邊想著這種事一邊經過走廊後,姊姊的房間傳來窸窸窣窣的聲響。

已經起床了嗎?那只要出個聲就行了嗎?可惜沒機會用力對她使出腳底按摩啊——四葉一邊這樣想一邊將手放上紙門時,裡面的氣氛不太對勁。

(嗚哇,又來了?)

試著將紙門輕輕打開到可以看見內部情況後,果不其然。

姊姊癱坐在褥墊上。

隔著深粉紅色睡衣對自己的胸部又揉又捏。

(嗚噁。)

所以四葉不由自主地癟起嘴。

早晨用雙手卯起來揉捏自己的胸部，最近這種事經常發生。

而且此時臉上也掛著像是在說「有胸部真是棒」的表情，所以四葉終於開始產生「姊姊沒問題吧？」的想法。那不是妳本來就有的東西嗎？

有時還會抱住自己的身體滾來滾去。

真是搞不懂啊。

就這麼喜歡自己的身體嗎？

用她自己的身體就能了事倒也還好，應該不會在不久後從後面抱過來摸我的胸部吧。

不，試著想像一下，四葉真的感到相當害怕。

或許趁現在先想出對策比較好。

用手肘重擊側腹沒關係吧？用腳跟狠狠踩她的腳也ＯＫ嗎？

「外婆——」

四葉在走廊上粗魯地跑著衝到廚房後，外婆用一句「喂」叱責她。四葉在腦袋裡發出猛踩剎車的音效急速停止，然後擺出立正站好的姿勢。外婆代替三葉開始準備早餐。

「外婆，姊姊今天也很奇怪。」

「哎呀呀。」

「不只是哎呀呀啦，真的很不妙喔。」

「這樣啊。」

「唔～～也不是只有這樣啦……」

姊姊最近在任何方面都很怪。雖然本來就是有點奇怪的人，不過最近有時候會像切換開關似的幾乎變一個人。今天的她也是如此。

姊姊處於「怪模式」時是怎樣的人呢？

頭髮會變得亂糟糟的。雖然頭髮非整理不可，她卻會露出打從心底對這件事感到麻煩的表情，然後自暴自棄地用一條橡皮筋紮成一束。

整體的服裝儀容也會變得隨便，還張開腳坐著而被外婆罵。

不知為何，不洗澡的日子變多了。

有時候會說「老子」之類的話。

偶然會發現她卯起來觸碰自己的身體各處。

（為什麼會變成這樣？）

為了不讓任何人在背後指指點點，姊姊至今都將服儀整齊視為第一要件過分重視，最近卻突然變得隨便，這真的很奇怪。

奇怪的時候跟表現一如往常的時候會週期性地輪流出現。這一點也充滿謎團。

「姊姊到底是怎麼了啊？」

四葉試著詢問外婆後——

「天曉得……」

得到的是極悠哉的回答。

四葉覺得現在不是悠悠哉哉的時候，外婆卻不怎麼在意。

「怎樣都無所謂吧。」

外婆仍然維持一貫的態度，所以年幼的四葉就會想說：「咦～～是這樣嗎？」如此被打發掉。

是這樣嗎？

或許是這樣沒錯，不過四葉也覺得最好稍微留意一下姊姊的狀況。

說到留意狀況嘛——

這麼一說，最近有過一段奇怪的對話。

四葉洗完澡後，三葉輕輕抓住她睡衣的肩頭，然後突然說出這種話：

「我說啊，仔細監視我有沒有做出奇怪的舉動，再事後報告。」

奇怪的舉動？

四葉提出詢問：「向誰報告啊？」

「向我。」

「啥？」

2

當天下午，四葉成功攔截在通學路上獨自放學回家的名取早耶香。

「咦，今天勅使不在嗎？」

四葉之所以如此詢問，是因為她曉得不管是上學或放學，早耶香總是跟勅使在

一起。

「公司的人來接他，所以他搭貨車走了。好像說有事要去松本一趟吧。」

「松本是長野的松本嗎？」

「沒錯，一定是去不良場所鬼混喔。」早耶香壓低聲音說道。

「咦？鬼混？舉例來說是什麼事啊？」

「嗯～～我是不曉得，不過一定是我們這種心地正直又清明的人連想都想不到的事。」

「好猛。連想都想不到的壞事，我好想看看。」

「真的啊，一群大男人會去幹嘛啊？」

真是不懂男生的世界啊——早耶香夾雜著嘆息如此低喃，所以四葉——

「是這樣嗎？」

歪頭露出困惑表情。

雖然是看到自己身邊那些小學男生集團後的感想，不過四葉單純覺得也沒必要刻意努力去理解男孩子的世界。

她覺得用「笨蛋」這兩個字就能道盡男生的世界。男生的世界裡存在「愈笨愈了不起」這種單純的法則，他們會在自己的圈子裡對愚蠢度高的行動喝采嬉鬧，然後為了在圈內更受歡迎，他們做出的傻事又會逐步升溫，最後變成惡性循環吧。

所以身為一個善良的女生，只要旁觀然後說一句「真是笨蛋耶」就行了。對男生來說，笨蛋這兩個字就是勳章，所以愈是被別人這樣說，他們就愈會開心地身體亂扭。仔細思考的話，總覺得這種事從根本就產生了扭曲。

用小學生程度的字彙與表現方式說出差不多的意思後，早耶香挺直背脊。

「四葉妳好厲害唷。」

這不是什麼揶揄，而是真心感到佩服。早耶香的態度傳來這樣的訊息。

四葉真的很喜歡早耶香這一點。就算對方是晚輩，她也絕對不會擺出瞧不起人的態度用上對下的方式搭話。

她不但擁有一顆優秀的心，臉也長得很可愛。

這樣的她為何會跟敕使這種丑角黏在一起呢？完全搞不懂。就四葉的角度來看，就會是「我真不懂姊姊妳們的世界」。

四葉就是為了詢問這種自己搞不太懂的「姊姊們的世界的模樣」，才會叫住了早耶香。

第三話
earthbound

「我家姊姊最近在學校如何呢？」
「如何是指？」
「有沒有做奇怪的事？」
「奇怪？」
「嗯。」
「唔，那個人本來就有點怪怪的啊……」
早耶香的評語跟四葉差不多，不愧是姊姊的好朋友。
唔──發出可愛沉吟聲略微思考了一會後，早耶香說出口的話是──
「就像別人怎麼想都無所謂那樣？」
「咦？」
「表現出這種態度的次數好像變多了。平常的三葉明明完全相反啊。」
「呃，這是？所謂的自暴自棄嗎？」
「嗯，或許也能用這種說法吧。總覺得有點豁出去了？」

跟早耶香互相揮手道別後，四葉坐在宮水神社鳥居前的石階上，用手撐著臉頰想事情。

覺得別人怎麼想都無所謂的態度。

這確實是自暴自棄。

為什麼姊姊最近會變得自暴自棄呢？

這難道不是發生了某種會讓生存方式出現一百八十度大轉變的大事件嗎？

是在何時，在哪裡，發生了什麼事呢？

發生了什麼事件會讓人改變成那樣呢？

舉例來說——沒錯。

像是失去非常重要的事物，已經沒有心力活下去之類的情況。

原來如此，是會有這種事。

不過姊姊擁有像寶物一樣如此重要的事物嗎？

比方說，就算不小心丟掉姊姊最近像是被附身般卯起來收集的大量刺蝟商品，她頂多也只會鬼吼鬼叫，應該不會這樣自暴自棄才對。

（嗯——）

總覺得不對。

（啊！）

怦通——四葉覺得心臟好像被狠狠敲了一下。胸口傳來衝擊後，腦袋想起很重要的事。

不久前，四葉不小心吃掉姊姊放在冷凍庫的冰淇淋。

洗完澡後——

（啊，有冰淇淋，來吃吧——）

她毫不在意地吃了起來，在那之後發現包裝盒上寫著「三葉」字樣。

那一瞬間——

（慘了。）

雖然四葉這樣想，不過就算現在不吃了把它放回冷凍庫也於事無補，所以她豁出去把冰吃完，至於盒子則是湮滅證據。

這麼一說，關於這件事——

為何沒演變成「我的冰不見了！是誰吃掉了！」的狀況呢？奇怪。

說不定姊姊受到的打擊大到連這種質問都做不到的地步。

那個姊姊平常雖然表現得很堅強，有些地方卻很容易受到傷害，就算因為一點小事脆弱地一蹶不振也不是不可能的事。大事不好了。

四葉緩緩起身，奔下石階朝宮水家衝刺。

宮水家的玄關前也有石階，四葉衝了上去。她猛然打開玄關拉門，踢掉鞋子進入家中，就算肩膀撞到走廊上的柱子，她還是繼續奔跑。

姊姊——三葉站在連接別館的渡廊上，靠在扶手上看著庭院。

為什麼如此感觸良多地看著自己家裡的庭院呢——四葉瞬間閃過這個念頭，然後立刻緊緊抓住三葉。

「姊姊！對不起！我吃了妳的哈根達斯大溪地香草口味奇脆雪酥！」

不好的想像在腦袋裡過分膨脹，四葉變得淚眼汪汪。

而說到被四葉以猛烈之勢抓住的三葉嘛，她有如在說「喂喂，怎麼了？」似的，一臉平靜地接受了妹妹這樣的動作。只不過她雙手輕輕抬起，像是有人規定她「不能碰觸女生，就算對方是妹妹也一樣」。

三葉極乾脆地如此回答：

「是嗎？也沒差啊。」

四葉瞪大眼睛，目不轉睛地望著姊姊的臉。

「也沒差嗎？真的？」

「妳喜歡吃冰吧？下次我會買冰回來放在冰箱裡喔。」

「咦？真的嗎？要請我吃嗎？可以嗎？」

「可以啦，反正那一邊也任意妄為地當散財童子，所以彼此彼此嘍。」

聽到這句話後，四葉皺起眉頭開始飄散出狐疑的氛圍。

「彼此彼此？跟誰？」

「呃，該說是誰呢……就是另一個……自己吧？」

「什麼？」

事情好像變成在哪裡看到的奇幻兒童文學故事，總覺得外星人理論的可信度也漸漸增加了。

隔天夜裡，四葉洗好澡後打算喝加冰塊的麥茶，打開冷凍庫的製冰室時，發現了固力果的杯裝冰淇淋。

（啊，馬上就買了耶。）

四葉放棄麥茶，而是用熱水瓶泡了綠茶。從餐具架上拿出茶匙後，她坐在廚房的桌邊默默吃起冰。

四葉還是小學生，所以對喜歡或討厭的事物都非常敏感，但她還是搞不太懂所謂的幸福與不幸。她心裡明白自己還是搞不太懂這種事。

然而剛洗完澡後打開冰箱，結果發現有冰淇淋在裡面，這說不定就是幸福的感覺吧——四葉如此心想。她覺得這種感覺很接近世人口中那種「幸福」的感覺。以後自己肯定也會體驗到各種事物，不過四葉有一種感覺，其中所謂幸福的體驗，應該全都是「剛洗完澡就有冰吃」這種概念的延伸。

四葉悄悄地隱隱約約有這樣的預感。用單純的說法來形容的話，就是四葉覺得「啊啊，好開心喔」。

仔細想想，讓杯子裡的冰淇淋緩緩融化並一邊吃它真的很美味。

將融化變成液體的部分以及還是結凍狀態的部分各舀一半送入口中真的很不賴。直接吃結凍的部分會吃不出味道，所以不能心急。

第三話
earthbound

吃著吃著，無論如何嘴巴裡面都會像結凍了一樣，如果變成這樣又會吃不出味道，所以可以用溫茶暖和口腔。

這種事是四葉從至今為止的吃冰經驗中學到的知識。

就在四葉像這樣默默地慢慢享用冰淇淋時，背後那道通往浴室的門發出喀啦喀啦的開啟聲。

「啊——！」

叫聲猛然撞上背部，四葉反射性地挺直背脊。一副睡衣打扮用毛巾裹住頭髮的三葉從背後將雙手放上四葉的肩膀，壓上來似的將身子探向這邊。她越過四葉的身體，幾乎要把臉龐埋進放在餐桌上的東西。

「我的冰！」

「咦？」四葉轉動脖子向後望。

「為什麼妳在吃啊～～」

「咦？因為妳不是說沒關係嗎？」

「嗚哇～～我失去活下去的動力了～～」

三葉身體一軟，癱坐在地。

用來驅動生命力的燃料還真便宜啊。

四葉雖然這樣想，卻及時分心二用地吞下衝到嘴邊的話。

三葉在地上癱坐了一會，不久後把手放上椅背，沉重地抬起自己的身軀。頭上的毛巾鬆脫，海藻般的黑色長髮緩緩晃動。

「……四葉……」

「呃，對不起。」

「我要詛咒妳。」

「好可怕！」

妳好歹也是跟神社有關的人，別輕易說出詛咒之類的話啦。

失去活下去的動力後，三葉搖搖晃晃地退至自己的房間，好像就這樣氣呼呼地睡了。多虧這樣，四葉沒有繼續被追究或被欺負。

這樣就沒事讓四葉鬆了一口氣。三葉生氣幾乎都不會一直記恨。當天的冰淇淋事件在她好好悶睡一晚後，隔天起床時已經像退燒一樣沒事了。從以前便是如此。

三葉對「爸爸」的情感是唯一的例外。三葉對父親一直固執地抱持沸騰的怒意。只有面對父親時，她會變得頑固到令人難以置信。

這是為什麼呢？四葉覺得很不可思議。

她覺得只要互相道個歉，然後握手合好就行了不是嗎？

她也實際開口對姊姊這樣說過。

「這是大人的問題！」

這種時候三葉會像這樣擺出拒人於千里之外的態度，然後不發一語。真是頑固啊——四葉如此心想。

四葉腦袋很好，第六感也很敏銳，但她還是沒有脫離小學生程度的世界觀。她不曉得糾結的人際關係就像耳機線，解不開理還亂。就這層意義而論，確實可以說這是大人的問題。

總之，姊姊對妹妹的怒火不會一直沸騰下去，在這個節骨眼上真的很感激這種個性。

舉例來說，四葉知道姊姊絕對不會為了報仇而做出搶走自己的點心並且把它吃掉的舉動。

就這一點來說，四葉真的很信賴三葉。

（姊姊就是姊姊啊。）

她如此心想。

如此心想後，心中緩緩滲出溫柔的情感。

不過看到姊姊早上睡過頭又沒負責做早餐，睡眼惺忪地出現在客廳，完全忘記前一天發生什麼事的模樣後，這種感慨很快就蒸發了。

3

在秋高氣爽的陽光透過白窗簾射進室內的第三節課，四葉弄斷了自動鉛筆的筆芯。她從筆尖按出筆芯時弄得太長了。

四葉喀嘰喀嘰地按著自動鉛筆，不過筆芯的前端沒有伸出來，所以她從鉛筆盒取出筆芯想補充。從筆芯盒裡面搖出筆芯，將多餘的筆芯收回去後，四葉拆掉自動鉛筆的筆蓋打算將筆芯放進細筒狀的筆芯投入口，然而——

（咦？）

替換的筆芯沒放好，掉到筆記本中間的書溝上面。

四葉立刻試圖撿起筆芯重新放進去，但她這次卻不小心把那根筆芯折斷了。

（唔～～）

在那之後，四葉也又是弄掉又是折斷筆芯。四葉因此感到有些不耐煩，不過突然想起一件事後又暗自竊笑。

（這該不會就是姊姊的詛咒吧。）

應該說那個姊姊傳送的念力頂多也只能做到這種程度的事情吧。四葉想像了姊姊在傳送「讓四葉的筆芯折斷吧！」這種念波的模樣。有點可愛耶。

總之，做這麼簡單的事情卻一直失敗，這還是第一次。

（這一定是因為姊姊變得怪怪的，所以連我都狀況不佳，變奇怪了啊。）

雖然自己沒有感覺到明顯的症狀，不過姊姊不對勁這件事或許讓自己感受到壓力。一旦曝露在逆境或壓力下，天經地義的能力有時會出現缺損——ＮＨＫ健康節目裡的人是這樣說的。

啊！這個我懂——四葉看電視時這麼想。

她有一個直到去年都一直同班的朋友香乃。二年級時，香乃跟班導的磁場完全不合，每天進教室也因此變成沉重的負擔。當時被吩咐「明天記得帶來學校」的東

西都完全沒辦法留在她的記憶裡。據說升了一個年級也換了班導後，這個症狀就輕而易舉地消失了。

就是因為看過這種實例，四葉相當清楚生活中一旦出現重擔，連一點小事都會變得無法完成的感覺。

就在此時，四葉忽然想到一件重要的事，所以不小心把重新搖出來的整束筆芯撒到筆記本上。

姊姊偶爾會出現的奇異言行，也是因為這個嗎？

（或許她是因為壓力才變奇怪！）

一定是這樣沒錯。

這麼說來，四葉有從傳聞或婆婆媽媽的八卦聽到一些事。據說長女長男身上揹負著一些弟妹不是很能了解的辛勞之處。

（或許我太悠哉，把很多事都交給了姊姊。）

四葉甚至反射性地浮現類似自責的念頭。

（對了，姊姊她必須思考繼承神社的事才行，而且也得招贅，說不定已經有人來談相親之類的事了。對了，不久前她才大喊自己想離開家去東京。）

就是這個。

四葉如此堅信。

放學回到家後，姊姊不在家。她試著問外婆後——

「她剛才回家，換好衣服就去神社那邊了喔。」

宮水家的家業是神社。打從跟神話相同的時代開始，這座神社就在糸守的土地上，從成立之初就一直由宮水一族管理。在現代法制下，宮水神社是宗教法人，而神社的土地跟建築物則是由法人格所擁有，但四葉並不明白這種細節。就四葉的認知，就是「我家的神社」。

爬上參道的石階，抵達「我家的神社」後，一身便服打扮的姊姊正手持竹掃把打掃神社院內。

聽見衝過來的腳步聲後，姊姊——三葉回過頭，此時四葉朝三葉的腰際使出擒抱。雖然四葉只打算抱住姊姊，卻因為勁道過猛而幾乎變成美式足球。

「姊姊！」

四葉用急切的聲音訴說。

「姊姊可以自由去做自己想做的事喔！家裡的事我會招贅好好處理！沒問題

的，因為有一大堆男生想跟我結婚！」

仍然拿著竹掃把的三葉有些手足無措，之後她用力抓住四葉的頭將她剝離自己的身體。

「突然講這個幹嘛呀？」

「咦，不是嗎？」

「什麼不是？」

「不是啊……」

「雖然搞不懂是什麼事，不過我都是想幹嘛就幹嘛，沒有特別顧慮妳。所以妳也不要說什麼招贅，隨心所欲就行嘍。」

「咦？可以隨心所欲嗎？」

不可以做出太任性的舉動——這是小學教導的基本行動方針。斬釘截鐵地說出「我要任性而為」，對身為小學生的四葉而言是令人心兒怦怦跳的台詞。

「不是什麼可不可以，而是『要去做』喔。」

「是要去做啊。」

「嗯……雖然我不曉得是不是真的能做到這種事就是了。事到臨頭，或許還是做不到吧……」

三葉抬起視線，朝圍住神社院內的針葉樹那邊望過去。若無其事地看了一眼應該早已看慣的那些樹木後，三葉忽然將視線移到妹妹身上。

「所以，是怎樣？有一大堆男生想跟妳結婚嗎？」

「有啊。」

「有嗎？」

「這不是理所當然的事嗎？有意見嗎？」

此時，三葉將竹掃把的末端放在地上，像豎起長槍一樣握著握柄。

然後突然放掉握住掃把的手。

竹掃把倒了下去，撞上四葉的額頭。

「好痛！幹什麼啦！」

「故意的。」

在那之後，四葉只要想到類似的事就會衝去找三葉，而且不斷重複這個舉動。

在髮廊候位時，因為實在閒得發慌，四葉不得已只好閱讀放在那邊的女性雜誌。就在此時，答案如閃電般掉了下來。

（原來如此！之所以突然改變裝扮，就是因為交了男朋友，要配合那個人的嗜好啊。）

（做出來的飯菜突然變成很講究的洋食，一定也是男朋友的喜好呢。原來是這麼一回事呀。）

（對了，姊姊前陣子曾經在走廊上咚咚咚地大聲走路，還一邊說「真受不了那傢伙」之類的話！）

四葉急忙趕回家，把這個答案拋向在廚房熬柴魚高湯的三葉。

「姊姊！對方到底是誰是哪裡的人今年幾歲是怎樣的人！身材是高瘦還是胖嘟嘟臉長得帥嗎？該不會是醜男吧？」

「妳是怎麼了？是惡犬還是什麼？」

三葉之所以這樣說，是指「妳還真是咄咄逼人啊」的意思吧。

「妳交了男朋友吧？」四葉繼續逼問。

「我沒交男朋友啊。」

「沒有嗎～～？」

「啊，不對。不是沒交到，而是不交！」

「真的不是因為交男友嗎？」

「沒有，不是啦。」

「不是因為對方是勅使，覺得很丟臉所以在別人面前開不了口吧。」

「不要開玩笑啦。」

「姊姊是外貌協會，應該也不可能吧。」

四葉基本上總是會多嘴。

因為被趕出廚房，四葉抱著有些無法釋懷的心情下意識地來到庭院。盆栽樹木感覺有些乾枯，所以她拉出水管灑水。

（姊姊今天在熬柴魚高湯呢。）

光是要煮味噌湯的話，熬的高湯量顯然太多了，所以大概也要用來燉東西吧。

也就是說，今天的菜色是和食。

姊姊本來是個只會做日式料理的人，所以意思是今天的她很普通。

不過，她有時會很罕見地像是換了個人似的，開始做起超費功夫的洋食。

前陣子她做了西班牙海鮮燉飯、小蝦子跟秋葵的蔬菜凍、加入大量花椰菜跟青花菜還有橄欖的溫沙拉。四葉還沒感到佩服就先有些害怕了起來。真的假的？順帶一提，每道料理的調味都弄得像是吃不膩的家常菜那樣清淡又美味，西班牙海鮮燉飯的鍋巴非常好吃。就總評來說，看到的瞬間雖然會嚇到倒退三步，不過試著品嚐後就教人心滿意足。

（奇怪啊，對料理的喜好出現那麼大的改變，不是因為有了男朋友嗎？）

還是想不通。

四葉用鬱悶的心情左右甩動水管，讓水流像蛇一樣扭曲。就在此時，思緒忽然朝新的方向發展。

（料理風格因為男人而改變，不就表示姊姊會去男人家做飯嗎！）

這樣的話，事情就會進展到下一個階段。

能去男人那邊做飯，就表示對方並不是同年級的人。一般來說，家裡會準備飯菜吧。至少四葉不曾聽說姊姊身邊有那種苦於沒人做飯的男生。

那麼，對方就是獨居的大學生了。不過既然這附近沒有大學，大學生這種存在當然也絕對不會住在周圍一帶。糸守過於偏僻，不管要去上哪間大學都不可能每日往返於老家與學校之間。更不用說什麼獨居的大學生，這種存在跟地底人沒什麼兩樣。糸守的年輕人如果打算進高中以上的學府求學，就不得不離開這座小鎮，除此之外別無他法。

如此一來，對方就是社會人士了。

（是大叔嗎！）

四葉沒發出聲音，只動著嘴巴說了句：「呃——」

就小學生的立場來看的實際感受，出社會的大人跟女高中生交往是超乎想像的事。這應該是只存在於漫畫裡面的情況，實際發生的話可是會令人退避三舍。姊姊是被壞人騙了嗎？

（對方是離開妻小，獨自調職之類的嗎？）

四葉露出嫌惡表情，就這樣繼續思考。說到男人獨自調職，在連續劇世界裡配對成套的東西當然就是不倫戀。這已經是跟章魚燒配柴魚粉、燒賣配碗豆、布丁配焦糖漿一樣難以分割的存在了。

四葉對不倫戀為何物雖然沒有明確的認知，卻也可以憑印象明白個大概。總覺得相當危險。

（啊！）

在四葉心中，一切突然都連結起來了。

（所以才隱瞞啊。）

「如果姊姊交男友或許就會變成這樣」只不過是個假設，不過在這個時間點，四葉已經將此事放逐到忘卻的彼岸。

四葉扭轉水龍頭關掉水，扔開水管用膝蓋爬上外廊，然後再次衝進廚房。

「姊姊！這樣是不行的啦——！」

「咦？」

在砧板前方切菜的宮水三葉回過頭。

四葉衝進廚房時停下了腳步。

連呼吸都停止了。

光線從廚房窗戶射進室內，形成逆光。

在這片從微白天空灑落的光芒之中。

有那麼一瞬間，姊姊回過頭的模樣看起來像是母親。

四葉的母親在四葉真的還很小時就過世了，所以四葉甚至沒留下清晰的回憶，也不記得母親是怎樣的人。她只從照片知道母親的長相。

然而──

自己衝進廚房，母親一邊說「怎麼了」一邊回過頭──

總覺得好像發生過這樣的事。

發生過這種事──她如此心想。

四葉心中有某種情感連結了。

感覺就像絲線般的東西飛向遠方，而它的前端被連結至無形世界。

「四葉妳怎麼了？」

雖然被開口搭話，四葉卻還沒回過神。她覺得母親一定也這樣說過。

「不行是指什麼事？」

被這樣一問後，焦點總算一點一點地返回現實。

眼前是姊姊的身影──

傳入耳中的是姊姊的聲音。

「妳怎麼了啊？」

這種淡淡的口吻是宮水三葉特有的。眨了幾次眼睛後，四葉做出回應。

「啊，嗯，沒什麼啦……」

「啊，是嗎？沒什麼呀。」

「嗯。」

「那麼，看妳好像很閒，來削芋頭吧。來，這個給妳。」

三葉把碗公裡滿滿的芋頭跟迷你砧板還有菜刀迅速地放在餐桌上。

「咦？這不是最麻煩的工作嗎——」

「對呀，妳肯幫忙真是了不起呢。呵呵呵。」

自作自受。

然而，妹妹在那一瞬間看起來就像母親一樣，試著跟這樣的她一起在廚房做事感覺一點也不壞。

4

因為發生了這種事，四葉追根究柢的念頭不由得也沒了勁。不過在那之後，她又目擊了兩次剛起床的三葉開心地揉捏自己胸部的模樣，所以再次陷入沉思。

（話說，那是在幹嘛啊？）

四葉盤坐在客廳的坐墊上，把手肘放上矮桌，用手撐住臉頰思考。傍晚前的電視在重播時代劇，如今奉行大人正要展露出身上的櫻吹雪刺青。

姊姊挺喜歡自己的胸部呢。

……那麼，這種行為可以就這樣算了嗎？

時代劇結束，清潔劑的廣告開始播放，所以四葉用遙控器將頻道切換為地方電視台傍晚的談話性節目。四葉雖然看著電視，卻幾乎沒把節目看進去。

由於用手撐臉頰的姿勢維持太久，臉頰骨開始痛了起來，四葉改變姿勢用手指揉捏臉頰。她用力鑽著連自己都覺得相當柔軟的臉頰，讓它不斷變形。就在此時，四葉「嗚哇！」一聲反射性地大叫，同時從臉頰上抽離右手。

（被姊姊傳染到壞習慣了……）

這實在是太詭異了，四葉莫名發寒，用指尖不斷敲擊矮桌。

那個姊姊——名叫宮水三葉的人身上有一股不可思議的吸引力，只要待在她附近就會受到影響，或者該說是一種精神被捲入其中的感覺。雖然無法好好形容，不

過四葉就是有這種感覺。

（不久後我好像也會變成每天早上都要揉胸部。）

變成這樣好可怕。

那個人真是令人頭痛。

為什麼要揉胸部呢？

這種舉止存在著符合邏輯的理由嗎？

電視上俗稱「男大姊藝人」，連是男是女都搞不太清楚的人情緒莫名高漲地報導外食情報。四葉茫然地看著節目，一邊在腦袋裡不斷揉捏無法好好成形的思緒。

就在她做著這種事的時候，一件好像有一點點關係又好像沒有關係的事情輕輕躍上了意識表層。

胸部只要揉了就會變大。

她曾經聽過這種說法。

雖然在很多地方都有聽過，不過這是真的嗎？

四葉怎樣都無法接受。

不顧後果地狂揉胸部的話，胸部就會變得皺巴巴，這樣體積會縮小不是嗎？

四葉自幼就徹底玩爛的每晚都要抱著睡覺的布偶整個向下凹陷，填充物也變少了。

枕頭也一樣，一直使用就會漸漸變得破舊又平坦。

也就是說，持續揉壓的話胸部應該也會變小才對。只要用合乎邏輯的方式去思考，無論如何都會推導出這個結果。我完全不能接受胸部只要揉就會變大的說法喔，沒錯沒錯。四葉對自己如此主張並表示贊同。

就事實而論，結果會是哪一邊呢？

答案未明。

能自行確認的話就好了，只可惜能辦到這種事的日子來到之前，似乎還需要一段很長的歲月。

而且老實說，就算能做這種事，四葉也不想拿自己當實驗品。

那麼——

姊姊究竟是想變大還是變小呢？

或者那是在拿自己做實驗？

按照慣例，四葉忘記了這只是假設。

第三話
earthbound

在那之後過了數天。某天，四葉跟外婆一起擦亮宮水神社拜殿的扶手時，看起來像是放學回來的名取早耶香用輕快步伐爬上石階走向這邊。四葉拋開抹布，走下敷滿細小白石的神社院內。

「早耶，妳怎麼會來？」

「嗯，我是來投賽錢的喔～～」

「早耶也有事想拜託神明嗎？」

「我正值煩惱多的青春年華，所以當然有嘍。」

不知為何，早耶香示威般挺起胸膛。

沒錯，問這個人就行了。

四葉雖然這樣想，卻不知該如何開口。

「早耶，呃……」

四葉支支吾吾起來。

「什麼？怎麼了？」

「呃，我想認真地請教您一件事。」

「幹嘛突然這麼禮貌？」

「那個啊，胸部揉的話會變大嗎？還是會變小？」

「咦？」

早耶香在喉嚨深處發出怪聲，當場啞口無言。

過了半晌後她開了口，不過——

「哎呀，這種事早耶也不太清楚耶。」

「早耶也不曉得嗎？」

她露出了尷尬的笑容。

「的確在很多地方聽過揉胸部就會變大的說法啊。」

「會變大嗎？」

「呃，都說我不曉得了。」

早耶香說著，用「嗯——」的可愛聲音發出沉吟。

「不過，有一種說法是吃雞肉會變大。」

「喔喔。」

「也有人說吃高麗菜不錯。」

「是喔？」

「做伏地挺身似乎也有效。」

「真的假的～～」

「這種事雖然聽過不少，不過我一項也沒試過。真的。」

「為什麼？」

「總覺得有種超自然的感覺吧。而且人類真正的價值與大小無關啊。應該說，我想認為真正的價值並不在那裡。」

的確是這樣。就四葉的角度來看，也不曾擔心胸部將來是否能順利地變大。雖然不致於說這種事情怎樣都無所謂，不過四葉還挺不在乎的。

而且一看到在教室裡嚷著「咪咪、咪咪」大聲嬉鬧的男生，四葉心中就會湧現輕蔑的念頭。所以就算是四葉這個小學生，也明白打從一開始就不想將這種事視為問題的感覺。

人真正的價值不在那裡喔——用溫柔的聲音對姊姊這樣說就行了嗎？

隔天負責做晚餐的人是四葉。

平常是由外婆跟三葉輪流煮飯，不過兩人都在忙的時候，這件事就會交由四葉負責。宮水家的冰箱總是貯存著常備菜，所以不用做很多道料理也行。

如果是簡單的料理，四葉已經會做了。具體來說，煎的ＯＫ，只用川燙的也ＯＫ，燉東西還有難度，至於油炸則還沒得到許可。就算只使用這些調理法，就家常菜來說已經能做出足夠的菜色。

哎，總之只要好好煮熟再調味就行了吧——四葉的理解便是如此，不過就料理的基本層面來說並沒有錯。只要將魚適當地炙烤過再灑上鹽，就是不管拿到哪裡都不會丟臉的烤魚。再舉其他例子的話，用平底鍋將切塊鯖魚煎好後加上淡淡的鹹味，再配上市售的味噌醬汁就是味噌風鯖魚。只要下一點這種工夫，每天的菜單就會自然而然地產生變化。

說到這種基礎思考方式是從哪裡得知的，那就是從姊姊三葉那邊學來的。那麼，姊姊又是在哪邊學到的呢？

（呃，雞肉跟……高麗菜？）

雞腿肉在農協A-coop超市特價時有大量購入冰到冰箱裡，至於高麗菜，附近務農的人們時常會拿到家裡，所以四葉甚至忘了上次買是什麼時候的事了。

四葉用微波爐解凍雞腿肉，然後將它切成方便食用的大小。高麗菜則是用手隨興地撕開。將熬過高湯的昆布鋪在平底鍋上，再將雞肉放在上面，接著灑上量少到像是在施符咒的鹽，用高麗菜圍住四周。將平底鍋放上瓦斯爐再開中火後，本來四葉打算加入少量熱水，不過味噌湯要用的高湯已經煮滾，所以四葉用湯杓將高湯舀入鍋內代替熱水。這道料理是蒸煮雞腿肉佐高麗菜，不是四葉自己想出來的菜色，而是參考姊姊之前像這樣蒸生鮭魚，加以應用的菜色。她也覺得自己好像在電視的料理節目看過類似的料理。

至於調味，就交給市售的調味料負責。四葉本來打算加上芥末美乃滋，不過冰箱裡有瓶裝桔醋跟白芝麻醬，所以她低喃著「啊啊，用這個用這個」改變做法。

白飯跟奧飛驒味噌湯（裡面的料是豆腐），另外還有從冰箱拿出來的常備菜蓮藕煮物跟用芹菜做的金平菜，以及番茄跟醬菜（蕪菁、小茄子、小黃瓜）。

將這些菜餚擺放在客廳的大矮桌上後，一家人沒有什麼特別的反應，一如往常地開動了。姊姊頂多只說了句：「（就四葉的程度來說）做得挺講究的嘛。」並沒有特別的褒貶。這是四葉為了觀察姊姊的反應所做的料理，所以這種平淡的反應讓她難以忍受。

因此四葉戰戰兢兢地試著刺探。

「呃，姊姊您……開心嗎？」

「突然這麼禮貌是怎樣啊？」

「這道菜好像……對身體……很好喔。」

「是嗎？」

姊姊毫不在意地大口吃著飯。這個人是不管吃多少都不會變胖的那種人。

她看起來似乎沒有想讓胸部變大；如果想變小，應該會稍微減少食量才是。

不對嗎……

那麼，是為什麼呢？

答案依舊不明。

一直曖昧下去會讓心情變差，四葉終於忍不住丟了直球。

「姊姊為什麼要揉胸部呢？」

姊姊的動作瞬間停住，然後在下一瞬間迅速將膝蓋靠過來逼近四葉，而且筷子還拿在手上。

「把詳情說給我聽。」

斷然下達命令的口氣很可怕，仍然拿著筷子也很可怕，更重要的是表情很可怕。這個姊姊如果有那個想法，似乎有辦法散發出猛烈的壓迫感。

由於三葉打破沙鍋問到底，四葉說出了自己看到的一切。在這段期間，外婆完全不動聲色地吃著飯。

四葉將自己被問到的事都老實地說了出來。三葉追根究柢後，迅速解決掉晚餐，接著用腳跟發出沉重聲響走在走廊上，然後去了浴室。

幹嘛生氣啊？

（是妳自己做的事情吧。）

因為是自己做的事，應該用不著刻意問別人吧——四葉雖然這樣想，卻能從姊姊的言行間察覺到她的記憶似乎出現了明顯的缺損。

姊姊本來就有點脫線，不過終於到這個地步了嗎？

「外婆妳怎麼想？」

幸好姊姊離開了，四葉如此詢問外婆。外婆也慢慢吃完晚飯，現在正把熱水瓶裡的熱水倒進茶壺。

「這個嘛——」

接著開始了一段漫長的思考時間。電視正在播放動物綜藝節目，在網路上大受歡迎的可愛貓咪特輯。是金吉拉嗎？有著淡淡條紋，毛絨絨又柔軟的貓爬上百葉窗，沒多久就被百葉窗纏住而動彈不得。女性名嘴說了「好可愛呢」這種每個人都一定會這樣想的意見。另一段貓咪影片開始播放，巨大的緬因貓睡眼惺忪地張嘴打呵欠時，外婆的嘴也動了。

「或許是在作夢吧。」

貓跟雲朵一樣軟綿綿，外婆的見解也跟雲朵一樣難以捉摸。

「在作夢是什麼意思？是指睡昏頭了嗎？」

「不是睡昏頭，是在作夢啊。」

議論變成無限迴圈了。

「神明叫作結喔。」

難以捉摸的問答讓四葉急了起來，不過外婆毫不在意地用自己的步調開啟新的話題。

「所謂的結呀，就是三角飯糰的那個結。」（註：此處指的是おむすび，特定指三角形狀的飯糰。將山神格化，為了得到神力而將米捏成山的形狀吃下去，所以一般認為三角飯糰有神力寄宿其中）

「外婆，飯糰是神明嗎？」（註：此處指的是おにぎり，沒有特定形狀的飯糰）

「飯糰不是神明啊。」

「唔～～霧煞煞～～」

霧煞煞是年輕人最近的流行語嗎——外婆如此低喃後，繼續說道：

「四葉，飯糰是用什麼做成的呢？」

「飯糰是飯做的吧，所以是米啊。」

「那米是誰種的呢？」

「像是早耶她家的老爺爺吧，農家之類的人。」

「我捏飯糰，妳吃下它。我跟妳藉由飯糰連結在一起。飯糰是米做成的，種米的人跟我還有妳連結在一起。米是由土地、水還有太陽公公養大的啊，所以我跟妳

還有種米的人，跟土地、水還有太陽公公連結在一起。飯糰不是神，而是這種結是神喔。」

「等一下，等一下。」

四葉真的搞不懂意思了。

看到孫子極為困惑的模樣後，外婆用了稍微好理解的說法。

「所謂的神明，指的就是關係喔。語言會把人跟人連結在一起，就算語言不是神明，藉由語言連結在一起的情感就是神明喔。飯糰雖然不是神明，卻是將培育米的土地跟水、種米將它收割起來的人、把米煮成飯再用雙手捏成飯糰的人，還有收下飯糰將它吃掉的人連結在一起的事物啊。藉由飯糰連結在一起的這份關係就是神明喔。」

「呃，那麼所謂的作夢是什麼意思？」

「所以啊，所謂的夢指的就是超越常理，跟不知是何時何地的場所連結在一起吧。這也是所謂的結啊。」

「咦，那麼姊姊在清醒狀態下作夢，所以姊姊是神明嗎？」

「我不記得自己有神明這種孫子喔。夢雖然不是神明，不過作夢這件事卻是神明喔。」

「唔唔～～」

四葉發出作惡夢般的聲音，像在做體操一樣將身體從側面彎成弓形。

這是用身體語言在拚命表示「搞不懂啦」的心情。

「有點難懂吧。總之，要珍惜神明嘍。」

四葉真的被說得啞口無言。

跟外婆講著講著，四葉產生了在鏡子迷宮裡迷路的心情。

姊姊在作夢嗎？還是自己正在做姊姊變奇怪的夢？四葉開始變得搞不懂了。就情報而論，這個資訊的負荷量過大，從外婆那邊聽來的事有一大半四葉都忘了。

5

星期日，宮水四葉一大早就在神社的拜殿。在宮水神社這裡，早晨跟傍晚都會供奉神饌。這件事平常是由外婆做的，不過外婆在接待客人時就會由三葉或是四葉

代理。

四葉捧著盛有各種神饌的高腳盤漆器，用正確的順序放置在拜殿的祭壇前方。今天的供品是米、酒、鹽、水、昆布、雞蛋，還有當地信眾給的小玉西瓜、甘藷以及梨子。這些東西撤下神壇後，會被宮水家食用。人們將供奉給神明的東西放入口中吃下肚，在神道裡被視為很重要的事。

然後四葉站在神靈前方端正姿勢，光是這樣就讓氛圍為之一斂。

她行了兩個禮。

又呼吸一次後，四葉朗聲上禱詞。

「至高無上的宮水神社神明御前，在此誠心向祢祝禱。於大神賜予的廣厚恩澤下，以食物、衣物、住所為始，吾等所求之萬般事物皆能有所得，所勤之事皆能有所成。親戚家族和睦共處，一日比一日安泰，撫慰守護吾等，令遠離顯世之魂魄也能永享安寧恩典，於幽世御法之間得入仙列，守護子子孫孫令其幸福，扶持幫助吾等，於顯世幽世皆能永享喜樂。祢賜予之愛令吾等欣喜惶恐，在此誠心奉上讚詞請祢心情平和地聽聞。幸魂奇魂請守護吾等，幸魂奇魂請守護吾等，幸魂奇魂請守護吾等……」（註：以上為出雲神社系的禱詞）

在宮水神社這裡，一般稱為「祝詞」的東西叫作「禱詞」。這是極初步的禱詞，外婆好像會唸其他更長的禱詞。

四葉只是把外婆交代「總之至少先把這個記起來」的東西跟九九乘法表一樣背下來而已，並沒有好好理解裡面的含意。

不過，四葉還是可以用感覺隱約明白它的內容。就她的理解判斷，大概就是在講下列的事情吧。

「神明啊，大家今天之所以也能過著和平又豐衣足食的生活，都是神明的保佑，真是多謝嘍。等我以後到了那個世界，也要讓我變成神明喔。那麼一來，我也會卯起來保佑子子孫孫。如果陽世跟陰世都能快快樂樂，那就太棒了。事情就是這樣，請多多關照，拜嘍。」

行兩次禮，然後拍兩下手。

四葉深深地彎折身體鞠躬行了一個漂亮的禮。這是如非本職就不太容易做到的那種莊嚴凜然的鞠躬。抬起頭將直立不動的姿勢維持數秒後，四葉讓全身完全放鬆，將手扠在腰際嘆道：「唉～～真是的。」

（解決了一項工作呢～～）

第三話

earthbound

拜殿的氛圍有如結凍般寂靜無聲。

四葉下意識地朝四周張望。這裡打掃得很徹底，每一個角落都閃閃發亮。擺在神壇上的供品只有蔬果有鮮豔色彩，所以只有那裡有莫名突兀的感覺。在那些供品的更後方擺著兩座三方（角形的白木台），而兩座三方上面各自放著酒器。酒器上用紙片蓋住，而且綁上組紐編織封印。

裡面裝著前幾天舉行豐穰祭時，三葉跟四葉咀嚼白米後所製造的口嚼酒。

這些口嚼酒預定要在秋祭前送至山裡的御神體那邊。宮水神社並沒有在神社院內設置收納御神體的本殿，而是在神社後方的龍神山山頂設置古老的隱本殿。這整座山都是宮水神社的土地。

據說將白米充分咀嚼後再吐出來，然後放置一段時間後就會變成酒。四葉在豐穰祭上不斷重複將白米放進嘴裡嚼碎，然後再吐到酒器裡，最後用紙跟繩子封印酒器。姊姊也做了同樣的事，而那些口嚼酒就放在這裡。如果正如所說，這裡面的東西現在應該正要變成酒才對。

不過四葉覺得那些話真偽難測，不能盡信。

她有再稍微問仔細一點，據說只要先將唾液混入白米，就能藉由唾液的力量讓白米變甜。這裡所謂的變甜，指的就是經過一段時間後轉化為酒精的情況。

既然如此，把蘋果汁之類的打開蓋子放在那邊讓它變成酒應該也行。不過四葉從來沒聽過這種事。

不僅如此，如果說把白米跟唾液混合在一起就會變成酒，應該也會有人吃下白飯後，因為米在肚子裡變成酒而醉倒才對啊。

（真是搞不懂啊。）

外婆、信眾還有外界的信徒看起來都絲毫沒有「這種東西或許不會變成酒」的念頭。

周遭的人一副信心滿滿的模樣，完全不懷疑它會變成酒，所以——

（是這樣嗎？）

四葉差點就要不小心接受這件事了。

現在用這種方式製造御神酒的地方頂多只剩下宮水神社，不過據說以前（例如大概是一千年前）全日本的諸般神社都有製造口嚼酒。

以傳統方式製造了這麼久，就表示它還是會好好變成酒吧。不然的話，在漫長歷史中只要有人稍微確定一下，就會引發「這根本沒變成酒嘛！」的問題……

第三話
earthbound

啊，對喔。

四葉緩緩繞過放供品的台架，站在神靈前方。眼前有兩座放著口嚼酒的三方。用來封印的東西是組紐編織，只要看它的顏色與花樣，就能知道哪邊是四葉做的口嚼酒，哪邊是三葉做的口嚼酒。

那是自己蓋上紙片再用組紐編織綁起來的東西，所以要解開很容易，重新綁回原狀也不困難。也能從自己房間的抽屜裡拿出備用組紐編織帶到這兒。

也就是說，試著偷偷打開蓋子，再不著痕跡地恢復原狀是一件簡單的事。

四葉拉長耳朵留心周遭的狀況。

沒有傳來有人過來這裡的動靜。

四葉將小小手指放上組紐編織的繩結。小小手指靈巧地移動，沒花多大功夫就解開了繩結。

拿掉蓋在酒器上面的紙片後，液面露了出來。它看起來即濃稠又白濁，外觀近似於濁酒。

四葉將右手小指插進液體中。

然後用舌頭試著舔了小指。

舔到的瞬間，四葉臉上所有的肌肉都朝臉的中央聚集。

（好……難喝～～）

她可以斷言這不是可以稱為飲品的東西。

只能說又苦又酸，不過光是這樣還不足以形容這個味道。舌頭兩側刺刺的，口腔上顎感覺黏呼呼。

然而，完全感受不到酒精的氣息。四葉有時會在祭典後大家一起吃喝供品時替叔叔伯伯們倒酒，所以知道酒的氣味。也就是說，這東西完全——或者說「還沒」變成酒。

（唔——）

雖然想立刻想辦法處理嘴裡的狀況，必須先湮滅證據的這種智慧卻好好地發揮了作用。四葉把紙重新蓋好，仔細纏上組紐編織，重新打了一個跟原來一樣的結。

迅速處理完這些事後，四葉摀著嘴巴急忙橫越渡殿來到社務所這邊。她在茶水房的流理台洗手，仔細地嗽了口，然後將飛時酷薄荷糖倒到手上再「喀喀」地咬碎。即使做了這麼多補救，整張臉的肌肉仍然聚集在正中央。

第三話
earthbound

當天，四葉從早上八點就在練習神樂舞。地點是位於神社院內左手邊的神樂殿，外婆貼身跟著四葉。三葉待在社務所的窗口準備接待來客。

神樂殿在祭典時會卸去三個方向的壁面打通空間，如今卻放下格子牆，變得無法從外面看到內部狀況。放下格子牆後，內部就會變很狹窄，因此在這裡練習時總是一對一教學。

關於練習，外婆相當嚴格。如果外婆吩咐過「下次上課前要復習」的舞步在下次練習時還沒有學會，她就會勃然大怒。

四葉跟三葉不只必須記下並且學會宮水神社代代相傳的各種神樂舞，還得有辦法將這些舞蹈教給自己的小孩、孫子、外甥、姪子，還有那些人的孩子們才行。

如果三葉跟四葉的母親尚在人世，姊妹就能跟母親學舞，不過很不巧就現狀來說，習得宮水神社古傳之人只有外婆。因此如果外婆有什麼萬一，許多神樂舞、禱詞還有儀式的程序就會失傳吧。外婆之所以嚴厲，或許就是因為心裡焦急。

神樂殿角落擺著老舊的愛華收錄音機，錄下神樂舞曲的錄音筆連接在那上頭。

四葉挺直背脊，配合曲子跳舞。

跳舞。

她搖動響鈴，擺盪繫在響鈴上的組紐編織——

旋轉身體，舞動。

外婆會糾正跳不好的地方。

以外婆為範本跳舞。

四葉調整姿勢，搖動響鈴，然後再次起舞。

就像這樣不斷重複。中間插入休息時間，一直持續了三個小時。

在跳舞途中，意識有一瞬間突然中斷。那一瞬實在太短，所以連外婆也沒注意到，甚至四葉也覺得是自己神經過敏。感覺就像將電燈的開關切掉又立刻開啟。

（——咦？）

外婆一邊講話一邊替四葉修正舞姿時也發生了同樣的情況。就像日光燈管老舊閃爍的模樣，四葉也是一下子有意識一下子又失去意識。

好奇怪啊。

雖然心裡想蹲下卻辦不到。因為頭頂繫著繩子，而那根繩子掛在天花板的樑柱上拉著身軀。雖然不可能有這種事，卻有一種只讓人這麼想的感覺。四葉連倒下去

都做不到，就像成了被釣起來的魚一樣。

外婆沒有察覺到四葉的異狀。

「來，試看看。」

聽到外婆發出這樣的聲音，腦袋後方也幾乎在同一時間傳出「啪」的聲響，就像有斷路器跳起來似的。四葉的意識被關掉了。

那是一種在放滿溫水的粗大管路裡漸漸流向下方的感覺。這種感覺雖然不會不舒服或令人恐懼，卻非常不踏實。視線突然離開管路之中，高高地往上升。視點以猛烈的速度上升，俯視到的光景漸漸變寬變遠。打個比方的話，那個高度超越俯視整個國家或鳥瞰整個大陸的等級，是從宇宙俯視整個地球的高度。然而現在俯視著的事物並非地球。在眼前遠方的那一大片東西是圖樣極為繁複又精緻的綾織布。捻合纖維形成絲，絲經由編織形成擁有單純花紋、略粗一些的線，那些線再經由編織變成繩子，直到它擁有複雜的花紋為止。那些繩子又被織成面狀變成布。四葉看著那塊布擁有無限面積漸漸擴張的模樣。那塊布的花紋難以言喻。要說這是為什麼，因為它的花紋不斷打著波浪，發出光輝，潰散，分裂，變形，增殖，總是改變著姿態，不會停留在特定的造型上。這種花紋是將這個宇宙的時間、歷史、事實、其中每個人類的情感——這些事物完全記述下來的存在。而且知道構成這片宇宙規模的緙織掛毯的是趨近於無一般微小又纖細到飄渺境界的不可靠絲線，也就是剛才那根暖和的管路之際，視點再次返回那裡。足以令人感受到痛楚的耀眼白光突然裹住身軀，意識也失去了一半以上。原來本來就已經失去的意識還有辦法再失去啊——四葉明白了這件事。知道這件事的意識也有如蓋上蓋子般消失了。

四葉在這種狀態下被拋至某處。

四葉知道自己站在昏暗又寬廣、鋪有木板的房間裡。

雖然不是自己剛才站著的神樂殿，四葉卻沒來由地明白這裡也是位於某處的神樂殿。此處相當寬敞，好像可以讓十個人一起跳神樂舞而不會撞到彼此。其中三面牆是可以向上移動的格子牆，不過現在所有壁面都是關著的。它們沒有完全關閉，而是在放下時保留了少許縫隙，因此屋外的晨間陽光化為發出光輝的白色線條，從

那裡射進室內。

正面站著一個女人。

她凝望著這邊。

她身著白色小袖和服，下面穿了紅色女袴，簡單地披了件二藍色的袿衣（註：近似於青紫色，平安時代流行的顏色）。黑髮極長，似乎覆蓋了整個背部。

她的肌膚相當白皙，五官跟姊姊很像，也像自己從照片得知的母親的樣貌。年紀比姊姊大，比母親小。

咦，我有這種表姊或阿姨嗎？好像沒有啊。雖然如此心想，但這個想法沒有發展成很大的疑問。

不知為何，四葉並沒有覺得這種狀況不自然。或許是因為身處神樂殿，而師父就在眼前，跟原本的情況完全沒有兩樣吧。

就在此時，四葉發現視線高度比平常的自己還要高。轉動脖子後，她感到腦袋很重，然後明白這是因為自己的頭髮長到根本不可能留那麼長的地步。

壓低視線朝雙手一望，那並不是自己的手。那是沒有胖嘟嘟的部位，整體極為纖細，手指很修長而且沒有半點傷痕的美麗柔荑。至少不是一下子爬樹一下子在戶外踢足球，或是在做菜時切到手的那種小學女生的手。那隻手從萌黃色袿衣中伸出。（註：萌黃色是春天植物萌芽的顏色，近似黃綠色。是平安時代的年輕人愛穿的顏色）

自己恐怕也打扮得跟眼前這名女性一樣吧。

四葉又繼續往下看，那裡居然——

有胸前的隆起。

咦？

是胸部。

咦？

雖然並不是那麼豐滿的胸部，分量卻也足夠讓她產生「咦，這種地方有胸部耶」的想法。

四葉用纖細雙手在身體前方做出要捧起某物的手勢，然後——

緩緩將手靠近胸部。

壓了下去。

啊啊。

不小心揉下去了。

比想像中還要纖瘦單薄，軟綿綿的感覺。原本以為它是更有彈性地往外脹出來的東西，不過並不是這樣。試著用手做出揉捏的屈伸動作後，胸部任憑擺布地自由變形，移開手後，它又自然地恢復為原本的形狀。那個復原瞬間的微微抖動真的很惹人憐愛。小袖是幾乎可以透光的薄絹縫製而成，所以就算隔著衣服也能清楚地感受到觸感跟動作。

女人露出訝異表情，用扇子邊緣碰自己的脣。

「這麼喜歡自己的乳房嗎？」

四葉的意識閃爍般忽隱忽現，就是那個不斷重複暈倒跟清醒的感覺。

「來吧，就像我教的那樣，試著做看看。」

女人遞出響鈴，然後點點頭。由四葉移動卻不屬於四葉之物的手收下了響鈴。

女人噘起嘴哼出神樂舞曲，跟方才從外婆那邊學到的舞曲相同。

四葉在對方的催促下，使用某個陌生人的身體起舞。

違逆這種狀況的意志並未湧現，跟作夢時不會想反抗夢境發展的感覺一樣。

四葉跳舞。

身體瞬間停住——

然後再次起舞。

跳完舞恢復自然的姿勢後，彷彿可以看見響鈴的聲音餘韻在寬敞的木板房間裡漸漸擴散的模樣。四葉雖然覺得這種感覺很舒服，不過女人卻大大地緩緩歪了頭。

「是怎麼了呢，跟我教的大有不同。」

女人跟外婆做的事情一樣，修正了四葉的動作。她在四葉只是把手向下揮的部分加入兩次轉手腕的動作，響鈴發出聲音，然後再次發出聲音。四葉的舞蹈在動作與聲音的妝點下華麗地合而為一。

女人就像這樣一個一個地修正四葉的舞蹈動作。在這段期間，四葉的意識也是忽明忽滅地閃爍著。

是發現了這件事嗎，女人忽然——

「哎呀，妳在作夢嗎？」

這麼說了。

「這是因為妳喝了自己的口嚼酒，靈魂當然會反轉嘍。到底會跟怎樣的奇怪場所結緣，根本無法得知。」

女人用微微訓斥的困擾口氣說話，卻在此時突然露出不小心忘記某事的表情。

「不，妳是過來做交換的，對妳說這種事也沒用嗎？」

不知為何，要對這個人說話的意志並未產生作用，甚至也不是保持沉默。發出聲音傳達語言的這個概念似乎是遺落了。

女人微微搖著半開的扇子，接著有如想到某事一般睜大眼睛點了頭。

「原來如此，既然跳的是宮水神樂舞，不論是因為何種因緣而前來此處，妳都是宮水之人。到頭來，妳這張嘴也對口嚼御神酒做了惡作劇吧。」

女人覺得很有趣地露出微笑。

四葉仍然沒有萌發做出回應的念頭，女人似乎也不期待四葉回應。說不定並非語言的某種事物有傳達到她那邊吧。

從格子牆縫隙間射進來的光線突然蒙上陰影，然後又再次取回光輝。在外面，雲朵似乎有一時遮住了太陽。牆壁沒有半扇窗戶，從四個方向堵住四角形的神樂殿，充滿內部的黑暗感覺甚至有一種清澈感，數道光線射入其中。

那是讓人懷念又心癢難耐的感覺。

啊，我懂了。

跟分身之時非常類似。

第三話
earthbound

一般在古老的日語裡，這個時刻被稱為「彼為誰人」，不過在糸守鎮稱作「分身之時」。四葉雖然不知道彼為誰人這個艱深的詞彙，卻知道分身之時。它指的就是心裡想著再不回去不行，胸口深處被緊緊壓住的時刻；指的就是這段時間裡，殘光射入黑暗之中的氛圍。

胸口深處一緊。

四葉踏出腳步。踩踏木板地面的腳步聲感覺像從遠方傳來的敲門聲。

她靠著牆壁輕撫格子。

又乾燥又輕的隔間摸起來很舒服，令人心生愛憐之意。

四葉從下方用手臂抵住格子狀的那道牆，輕輕將它推開。

就在這時——

她沐浴在有如洪水的光芒之中。

那道光擁有的壓力幾乎會讓人想要向後仰。

那股勁道停歇後，四葉張開眼睛。不，或許只是打從最初就睜開的眼睛開始習慣亮度而已。總之不論如何，外界景色像環景一般展開，那片寬廣景色裡的一切都躍進了四葉的眼簾。

那是——

遠方所見的山的形狀，還有稍前方那片糸守湖的曲線。因為有著這些事物的存在，此處無疑就是糸守，然而給人的印象卻大不相同。

地面的地形雖然跟早已見慣的模樣相同，田地很少這個部分卻讓四葉感到不太對勁。相對的，森林跟草木叢生之處卻三三兩兩散落於此。雖然可以看到極零星的民宅，感覺卻近似於小屋，連半棟磚瓦屋頂的房子都沒有。

從那些民家中，煮飯的白煙有如柱子垂直地冒出，在高處跟青空會合。這副模樣看起來簡直就像用細柱撐住掉下來的天空。

四葉目前的所在地雖是神社院內，不過位置不是四葉所知道的宮水神社。看見的風景微妙地不同。

說到空間嘛，這個院內大小感覺起來大概有四葉所知道的宮水神社的五倍左右。這裡有大社造屋頂傾盆而下般垂下的大拜殿（註：大社造是代表出雲神社的建築樣式），距離那兒不遠處有一座外形厚實的平房宅邸。它的切妻造屋頂是用檜樹皮鋪成的（註：切妻造屋頂看起來像是人字形），只有屋脊那邊鋪了瓦片。當然，四葉待著的神樂殿也在神社院內。

拜殿前方有一大片長著青苔而且還有參道的神社庭院，那兒配置著岩石之類的東西，湧水從那裡流出。

在那座社院裡，有十名左右的男女正細心地打掃環境。

關於男人這邊，有人身穿水干，戴著頭巾，也有人穿著直垂（註：水干是平安時代的平民服飾，直垂是從水干演化而來的服飾），甚至有人是將布挖開一個洞套到身上，再將兩側縫合，然後用繩子繫住腰際般的模樣。

至於女人，有的是將頭髮留到腰際的垂髮造型（註：將頭髮於後腦杓處紮成一束自然垂在後面的髮型），有的則是將長度剪齊至肩膀。不論是誰都穿著長到腳踝的素色小袖和服，沒有穿女袴。有人在上面纏了腰布之類的東西，有人則是沒纏；也有人穿草鞋，有人甚至光著腳丫。

至少這不是江戶時代的服飾，因為跟時代劇截然不同。

是更古老的時代。

有多古老呢——

四葉還太小，知識實在太不充足。

如果現在四葉是成人，而且大致的基礎教養都有學到——

或許會覺得眼前這片光景經過一千多年的開發，就會變成自己所知的糸守吧。心裡說不定會想這些人的模樣，跟一千年前的古老繪卷軸中所看到的庶民姿態極為相近。

然而就算沒有這種用來比較的資訊，四葉也能自然而然地感受到某種事物。她努力試著做出判斷，試圖理解。四葉使用不是自身之物的腦袋，意識與無意識自動運轉開始進行猛烈的運算。

這是……

這裡是——

四葉她——

就在此時——

感受到明顯的暈眩。

視野以很滑稽的方式失焦了。

身體正要朝背後緩緩倒下。

女人立刻靠過來撐住四葉的背部。

這個感觸令四葉心安，讓她想鬆手放掉意識。

第三話 earthbound

視野拉下簾幕，緩緩變暗。

從背後，幾乎是從耳朵後面傳來聲音。

——記下這件事，人是被故鄉綁著的。這片土地因為彗星隕落而被帶走了一切，雖然它極為不祥，糸守之人不知為何仍是沒有捨棄它。這只能說是被繩子綁著拖在原地，因為心靈在這片土地上紮根了，因為跟它連繫在一起了。而且就是因為人心無法遠離這片土地，才會有吾等宮水的存在。

——宮水是倭文神的後裔，祈求結的存在。是追隨時間綾織，令過去與未來的心互相靠近之人。妳要曉得處於時光洪流裡的所有宮水之女，都會如影隨形地跟在背後。

耳朵後面有一種感覺，對方似乎浮現了悲傷笑容。

——就算我要妳記下這些事，妳也會忘掉啊。

聽完最後一句話後，自己似乎被拖進了旋渦般的某個地方，簡直像是身上被綁了一條繩子，然後那條繩子被拖走似的。

6

變回原本的自己時，四葉遺忘了先前做過的一切，連自己忘記某事的感覺都沒有。開關喀嚓一聲開啟後，那兒是宮水神社的神樂殿，眼前有外婆在。天花板上亮著白熱燈炮顏色的ＬＥＤ燈。

外婆張大嘴看著四葉。

「怎麼了呢？」四葉如此詢問。

「那個是在哪裡學來的啊？」

「那個是指？」

「那個，那段舞蹈。」

四葉發出既不是「咦」也不是「嗯」，糊成一坨的聲音。

「是啊，這段神樂舞其實應該是這種舞步喔。我比現在的四葉還小時，我外婆，還有她母親就是像這樣……啊啊，像這樣跳著舞啊。」

「咦，在外婆小時候，外婆妳的外婆的媽媽還在啊？」

偏離主題的部分令四葉吃驚。

「對呀，外婆想起自己外婆的母親就是像四葉剛才那樣跳舞呢……」

外婆露出吃驚表情，就這樣看著四葉。然後那副表情漸漸變成開心的柔和笑容，之後又開始混雜了悲傷情緒。

「當時很熱鬧啊。」

四葉看到外婆露出「現在變寂寞了呢」的臉。在那個瞬間，四葉腦中自然而然浮現非說不可的話，不過對四葉而言，那卻是她覺得「自己不會說這種話」的話語。這完全就是大人的台詞嘛。四葉不曉得腦中為什麼會浮現這種台詞，簡直就像從某個陌生場所傳送過來的謎樣電郵。

四葉輕輕靠向外婆開口說道：

「有我在喔。」

那天夜裡，四葉作了夢。四葉在時間的奔流之中。

在那股奔流裡，四葉沒有游泳也沒有被沖走，而是漂蕩在其中。她覺得自己好像朝下游前進，感覺卻也像溯流而上。不過四葉總是在水面下，而且被運往某處。

這股奔流或許就是被稱作銀河的東西吧——四葉如此心想，看到星星掉下來，而且被組紐編織做成的網子纏住的情境。這幅情境讓心中浮現恍然大悟的感覺，但四葉不明白理由。

自己也纏在那張網上面。如此感受的瞬間，四葉雖然身處奔流之中，卻也同時在地面上。那兒有比現在年輕一些的父親，有看起來跟相簿最後幾張照片很接近的母親，還有跟現在的四葉差不多大的姊姊。然後四葉看到被母親抱在懷中，剛出生的自己。

「願這孩子身上只有幸福，願這孩子不會獨自品嘗辛酸。」

父親說出祈禱文般的話語。父親應該會自己寫禱詞，也有辦法閱讀，卻用沒經過任何修飾的現代語說出這些話。由此可見那是他打從肺腑說出的真心話。

母親像融雪陽光一樣柔和地笑著。

「這孩子跟你，跟我，還有三葉都藉由結之絲連接在一起，宮水的巫女是不孤獨的喔。」

姊姊探頭望向剛出生的我。

這些風景、人們、剛出生的自己，還有看著這一切的自己都被捲入旋渦般的存

第三話 earthbound

在，被細細地延伸拉長混入時間奔流中。

到了早上，四葉醒了過來。她睜開眼睛時，睡意整個飛走了。隔著玻璃格窗射入室內的晨間陽光曬起來很舒服。

四葉輕盈地晃動身軀進入更衣間，在洗臉台那邊用肥皂仔細地洗了臉。脫去睡衣將它丟進洗衣機後，換上便服。四葉決定除了幫忙家業時，其他時間只穿可以踢足球的衣服。用吹風機弄乾濕掉的劉海，再用梳子梳理整顆頭後，四葉將頭髮分成兩把綁成兩束。雖然她自己覺得這樣很像小兔子，不過笨男生們卻說看起來很像裝在吸塵器前端那個叫作什麼二合一毛刷頭的配件。

腦袋昏沉沉身穿睡衣的三葉打開更衣間的門。四葉讓出空間後，她慢吞吞地進去。四葉感覺可以看見姊姊拖在身後那股沉重睡意的形體。

或許可以看見姊姊揉胸部的樣子啊——四葉如此心想，所以觀察了姊姊，不過她看起來並沒有要做這種事。

相對的，四葉看見令人吃驚的事情。

身上纏繞著沉重睡意的姊姊用冷水洗臉，在吃早飯前仔細地刷好牙，迅速讓精神變清爽後，脫下睡衣，手腳俐落地換上制服，弄乾濕掉的頭髮，用漂亮的手勢將頭髮編好盤起來時，就漸漸化身為完美的「宮水大小姐」了。

看起來好像愈來愈閃亮的樣子。

好厲害啊。

這個人真漂亮啊——四葉如此心想。

自己變得跟現在的姊姊一樣大時，有辦法成為這種美女嗎？

什麼胸部大小雖然怎樣都行，卻想成為美女。

就在此時，四葉她發現一件事——

那就是自己非常喜歡這樣的姊姊。

她不知道自己是這樣想的。

她認為自己曉得，卻並不了解。

四葉突然想說出這種心情，所以來到姊姊身旁。

「姊姊。」

「幹嘛？」

「我們並不孤獨喔。」

宮水三葉看著鏡子整理頭髮，一邊歪頭瞄向四葉那邊。

「是喔……孤獨這種字眼不是一般用語，妳是從哪裡聽來的呢？」

「咦？呃……」

被這樣一問後，四葉瞪大眼睛。

「是從誰那兒？從哪裡？是什麼事？嗯……」

連自己說出此言的理由都曖昧不明——

四葉試圖回想，面朝上然後轉著腦袋。她覺得只要搖晃頭部，答案或許就會喀啦喀啦地滾出來。

有好一會，四葉有如在看不見的某處試圖摸索出連是何物都不得而知的東西。

三葉一邊用小夾子修眉，一邊用餘光看著四葉映照在鏡中的臉龐。不久後，四葉放棄了這件事，輕輕放鬆原本隨意伸出去的那隻手。在那個瞬間，四葉感受到鬆手放棄某物的苦悶情緒，但那或許只是神經過敏。然後四葉對映照在鏡子裡的姊姊露出孩童的奔放笑容。

「我忘記了耶。」

第四話 由妳所編織之物

第四話
由妳所編織之物

1

「妳……是誰？」

連自己都沒想過的話語脫口而出，宮水俊樹如今正被對方揪住領帶向上扭。俊樹用難以置信的眼神看著抓住領帶的那隻手的主人——看著「只有外表」是自己女兒的存在。

這並不是「這真的是三葉嗎？」的疑問，而是「這並不是三葉」這種超越邏輯的直覺。這種超越邏輯的直覺化為一股惡寒竄上背脊，讓俊樹臉色發白。

這並不是三葉。

而是有著三葉姿態的其他存在。

並非修辭，而是字面上的意思。這並不是在說「這傢伙整個人都變了」這種含意的洗鍊表現。

女兒宮水三葉的冒牌貨前來跟自己見面——

怎麼會有這種蠢事？不可能，是自己太累所以迷惘了。這一類常識性話語爬上心頭，然後消失得無影無蹤。是錯覺——這種提議總是有如小泡沫般漂浮在意識邊緣，卻因為沒有力量而立刻下沉。要說這是為什麼，因為宮水俊樹已經取得了無庸置疑的結論。這東西是有著自己女兒的外形卻不是女兒的某物。

這種直覺性的真實令俊樹感到戰慄，精神層面的機能也幾乎停止。如今，宮水俊樹正害怕地發著抖。

祕書前來表示三葉小姐想跟自己見面，不過告知此事時，宮水俊樹正在鎮公所的鎮長室過目道路鋪設工程的相關文件。他望向窗戶，外面還很亮，現在的時間距離傍晚還早。

祕書說三葉小姐表情相當嚴肅，而且看起來一副走投無路的樣子，所以才前來通報。

在不得已的情況下，俊樹決定見她五分鐘。三葉連預約都沒有就衝來工作場所固然不對，不過祕書因為這種事而前來通報也有問題。

從這個部分也能感受到宮水家自古以來在這片土地紮根所留下的影響力，真是令人不悅。

祕書再次敲門，三葉從她後面進入室內。祕書離開了現場。

是何時這麼做了？三葉將長髮剪短成了鮑伯頭。

是過來要自己誇讚新髮型嗎？

俊樹雖然很想如此開口諷刺，不過這樣實在很沒有大人的樣子，所以他制止了自己。

只要在三葉面前，不知為何就會誘發自己做出孩子氣的言行，引出心裡的肺腑之言。

宮水家的女人們確實擁有這種特質，令他倍感威脅。

為了從這座城鎮移除這個威脅，自己才當了地方上的政治家。為了這個目的而跟女兒們分居，待在這裡。

三葉前來這裡的這件事本身就令人感到不悅。

反正她又要說些令人難以捉摸的話題了吧——俊樹如此心想，結果果然沒錯。

今天，在數小時後彗星會分裂成兩顆，而其中一邊會掉到這座城鎮，所以希望能讓鎮民立刻去避難。三葉是這樣說的。據她所言，這樣下去大約會有五百人當場喪命。

這實在是太滑稽了，甚至沒有產生笑意。

俊樹雖然對天文沒興趣，不過根據職員們所言，以一千兩百年為週期的彗星在今天會最接近地球。

這個女孩恐怕是在電視上看了這種新聞，所以立刻用豐富的想像力想到好萊塢風格的故事，然後自己對這個想法深信不疑吧。

雖然是自己的女兒，不過在清醒狀態下作夢講起來還真恐怖——俊樹心想。宮水的女人們在清醒狀態下作的這種夢令他難以忍受。

「胡言亂語是宮水的血統嗎？」

俊樹開口如此說道。

妳生病了——俊樹如此宣言，決定打電話給自己因急難救助的關係而得知電話號碼的醫院。拿起話筒開始按按鍵時，三葉敏捷地縮短距離靠過來。俊樹因為那個動作而抬起眼時，她已經隔著桌子揪住他的領帶猛力向下扭了。女兒燃燒著憤怒火焰的眼睛就在臉的前方。看到那對眼睛的瞬間，俊樹聽見自己的嘴輕輕地吐出一

句：「咦？」衝擊先來到大腦跟心臟，之後才理解這股衝擊是何物。

直到這個瞬間為止，俊樹都絲毫沒有懷疑過眼前的人是自己的女兒。

前來跟宮水俊樹見面的這個人轉過身快步離去了。這種轉身方式跟走路的模樣已完全不是三葉。

俊樹將整個身體丟向皮椅，鬆開領帶。

感覺額頭上有汗水，他用手指拭去。

腦袋還在麻痺。

自己看到了什麼呢？

俊樹閉上眼睛。

自己對恐懼感有如此脆弱嗎？

那到底是什麼？有可能發生這種事嗎——腦中思緒並沒有朝這種方向運作。

在那個瞬間，俊樹只是無法呼吸，全身肌肉僵硬。

那種感覺的餘韻至今仍未消失。

所謂遇見靈異怪事，指的就是這麼一回事嗎？

宮水俊樹本來是民俗學者，也可以說是這類現象的專家。有時根據研究主題不同，他會從文獻中找尋遇見靈異事件的故事，也會從親身遇見這種事的人們那邊收集經驗談。也有同業人士專門在研究這種事情。

不過，他並沒有預料到自己會實際遇上這種事……

閉上眼睛之際，或許有那麼一瞬間睡著了。

民俗學者變成神職人員，如今則是人口稀少地區的自治體首長嗎？虧自己能像這樣朝意外的方向漂流至此啊。

與妻子初會時，自己還是學者呢。

這其中沒有懷念，也沒有感慨。

為了不隨便用廉價的感慨去裝飾那段過去，俊樹將它凍結在自己心中。

（不妙。）

得快點張開眼睛才行。

繼續閉著眼睛的話好像就會想起它。

然而眼皮並未抬起，俊樹就這樣被拖進回憶之中。

2

大約在二十年前。

完全爬完鳥居前方的石階後，「溝口」俊樹在拜殿前方的神社庭院看到看似信徒的人在唸祝詞。唸得挺駕輕就熟的。

距離約定的時間還有五分鐘。

他在神社院內大致逛了一圈。此處雖不是足以大書特書的大神社，卻也有著一定程度的規模。差不多就是鄉鎮都市常見的那種可以代表整座鎮的最大的神社。

只不過這座糸守鎮別說是鄉鎮都市，人口甚至稀少到連稱為「鎮」都會令人感到疑惑，頂多就是稍微大一點的村子吧。蓋在這裡的神社還真氣派，不適合這種小鎮呢

——俊樹留意到了這件事。

說到另一件讓他在意的事，就是這裡似乎沒有本殿。

大部分的神社通常在讓人們參拜的拜殿後面都會有略小一些，稱為本殿的建築物，而御神體就被收藏在這裡。沒有本殿就表示這裡像三輪山的案例那樣，神社背後的山就是御神體嗎？雖然也有整個沙洲或小島都是御神體的例子，不過糸守湖在鳥居外側，所以並不符合這種情況。

宮水神社位於山腰處。俊樹試著回頭望向後方，這裡可以俯視糸守湖。

剛才試著繞湖泊一圈，還滿耐人尋味的。糸守鎮有如繞湖泊一圈似的展開集落。如果將此事告訴自己在建築系研究集落發展的熟人，似乎會很有趣。

這片湖可以使用多勾式垂釣嗎？

如果有地方可以租釣具，俊樹倒想一試。

他望向手錶後，走向社務所。平安符護身符授予所旁邊是社務所氣派的玄關，出入口的門開著。

一跨過門檻，空氣瞬間變得冰涼。

玄關入口以及從那兒可以看見的走廊打掃得異常乾淨，地板發出打過蠟的光澤。恐怕裡面跟屋內的一切都是如此吧。一想到要怎麼做才能打掃得這麼徹底，俊樹頓時感到有些退縮。

在鞋櫃上方放著一個呼叫鈴的開關，而且老舊得令人懷疑它到底有沒有作用。試著壓下去後，裡面傳出以前那種令人懷念的嗡嗡蜂鳴聲。

在房內深處轉過彎的走廊走出一名年輕女性，大概沒有超過二十歲多少吧。她留著長髮，身上的服裝是黑裙搭配白色上衣以及長長的灰色開襟衫。這副打扮雖然不起眼，品味卻很不錯。

那名女性來到玄關後，露出因某事而吃驚的表情，接著立刻說了句「哎呀」露出微笑。她綻放笑容的模樣簡直像在歡迎有一陣子沒見面的好友，甚至讓俊樹在那瞬間回頭確認自己背後是否有其他客人。女性含帶笑意看著俊樹，就像剛剛找到了自己尋找已久的重要事物。

（是怎樣啊？）

俊樹如此心想時，女性開口說道：

「您是從京都來的嗎？是學者？」

「我是人文科學研究所的溝口。此次承蒙貴神社抽空接見，呃，真是感激。」

「感謝您的問候，我們這邊才是要請您多多指教。可以請您進入室內，在那邊的房間等候嗎？我現在就去請母親，也就是本神社的宮司過來。」

指定的房間是大約五坪大的洋式房間，裡面鋪著地毯，還有矮桌配上沙發這種接待外賓的配套家具。桌子跟沙發上都蓋著純白色布套。牆上有時鐘，還有一幅不去注意甚至會忘記它的存在的靜物畫。窗戶是大型凸窗，從這兒可以看見寬廣的神社院內。外界的光線射入室內，薄蕾絲窗簾細心地折好垂在窗戶兩側。

該坐上座還是下座呢——俊樹感到迷惘，卻發現在桌子的上座那邊擺了一個塑膠卡片，上頭寫著「請坐在這邊的座位」。如此一來，便能安心坐到上座了。這間神社還挺慣於招待客人的。

沒等多久，玻璃和式拉門就開啟了。

方才那名年輕女性先走了進來，然後站到牆邊。一名年紀超過六十歲，身穿和服的女性從她身後進入室內。和服女性的年齡跟外表都不能稱為老婆婆，雖然身材不高，背脊卻挺得直直的，眼鏡後面的雙眼銳利地看著這邊。雖然年齡方面有些差距，不過這名人物就是年輕女性的母親，也就是這間宮水神社的宮司吧。

這名老宮司一進房間就精神十足地朝這邊靠過來，站到足以俯視已經入座的俊樹的位置。

「於您繁忙之時……」

「是民俗學？文化人類學？歷史學？還是宗教學呢？」

俊樹打算起身行禮時，老宮司用話制止了他。

「是歷史文化學，不過我做的事幾乎跟民俗學一樣。」

俊樹用半蹲的姿勢回答。老宮司挺直屈著的身子略微向後退，望著俊樹全身。如此一來，俊樹便得以再次將體重放到沙發上。他開口說道：

「為了調查地方上留存的古老信仰跟儀式，我正在訪問糸守的諸位耆老。貴神社是本地的信仰中心，因此請務必容我訪問貴神社的神職人員……」

「學者這種人什麼都不懂。」

話語從上方重重蓋下，俊樹有那麼一瞬間不解其意。

「又打算從老人家那邊東聽一點西聽一點，然後把那些訊息集合起來，再擺出一副這就是真相的臉亂寫一堆見解有誤的東西吧。之前也有你這種傢伙過來這裡，而且不是什麼好東西。用話來形容，就是把莫名其妙讓人搞不懂的東西變成語言，真是亂來。」

宮司口中那個先前來過這裡的學者是何人物，俊樹恐怕知情。畢竟他最近才剛讀過那名人物在大約十五年前寫的文章。內容確實亂七八糟，但俊樹也因此對宮水

神社產生了興趣。既然如此，就算說自己跟他是同類或許也沒錯。

然而——

老宮司連珠炮般說話之際，俊樹在視野邊緣看見站在牆邊的年輕女性瞬間忍住笑意，微微將臉龐轉向旁邊努力恢復撲克臉的模樣。

我母親的頑固雖然令人頭痛，不過這種固執也很惹人憐愛——那一瞬間的笑容看起來就像包含了這種意思。為了傳達「她是個可愛的人，我沒異議」的想法，或許應該豎起大拇指或眨個眼吧。

俊樹開了口。

「不，關於此事，我現在就開始解釋。」

「啊啊，跟我無關、跟我無關。」

傳回來的是冷淡無情的否定句。所謂吃閉門羹指的就是這麼一回事嗎？

俊樹啞口無言，在腦中找尋自己應該接下去的話語。現場有好一陣子流動著不曉得該輪誰說話的曖昧時間。

「哎，我是不會叫你空手而歸啦。」

老宮司在和服袖子裡摩擦手臂如此說道。

「我什麼都不會說的。不過，我家這個人——」

老宮司如此說完，斜眼看向站在旁邊的年輕女性。

「她說有人前來訪問的話，就要有問必答留下紀錄。她還說現在時代不同了。我雖然不這樣想，不過以後要撐住這間神社的人就是這孩子啊。你有事想問的話，就問站在這裡的二葉吧。」

看著母親說話的女性轉向俊樹這邊。

「抱歉現在才報上名字，這邊（如此說的同時用手掌比向母親那邊）是掌管本神社，擔任宮司的宮水一葉。我是她女兒，於本神社職掌諸般事務的宮水二葉。再次請您多多指教。」

然後行了一個鄭重的禮。

受到這番話的影響，俊樹也稍微抬起了腰。

「啊，我是K大的溝口俊樹。感謝您禮貌的……」

不知是否該遞名片，所以手搖晃了起來。

「不，非常感謝您。不過這種事要請問資深的前輩……」

「我知道的事情，這孩子也都知道。」

老宮司如此說完，將手放到女兒背上，然後頭也不回地離開房間關上門。出去時的模樣看起來雖然很不耐煩，關上門的動作卻安靜又優雅。

溝口俊樹跟宮水二葉被留在房間內。兩人不約而同面對面重新坐回沙發上。

「抱歉。母親她雖然那樣說，但她平常很友善的。」

自稱宮水二葉的年輕女性綻放笑容，用夾雜笑聲的聲音如此說道。

「不過只要跟某些事情扯上關係，她就會變得很頑固。」

「這個反應並不少見，畢竟我也習慣被別人拒絕採訪了。」

俊樹也笑了。兩人都露出笑容，現場的緊繃氛圍也因此緩和下來。宮水二葉挺直背脊淺淺地坐在沙發上，裙子裡併著的兩個膝蓋看起來很漂亮。

「我該說些什麼呢？」眼前的女人如此說道。

「貴神社祭祀的天神為何？」俊樹提出詢問。

「我們祭祀的神祇是倭文神建葉槌命，並沒有攝社跟末社。」（註：攝社跟末社是蓋在神社院外附近的小規模神社）

「與奈良縣的葛城倭文坐天羽雷命神社之間的關係是？」

「沒有關係，跟大甕神社也沒有交流。」

幹練的回答方式聽起來很舒服。

關於祭神一事，其實俊樹也知道一個大概。祭祀倭文神的神社雖然沒有半個特殊的祭祀形態，不過或許可以藉此明白古代日本人思考形態的樣貌，或是解開歷史的數個謎團。這是本次調查的目的，俊樹便是為此巡訪日本各處的倭文神社。

倭文神是有著許多謎團的神格。祂只記錄在日本書紀跟古語拾遺裡面，沒出現在古事記之中。

據說祂是將紡織技術教給人們的天神。根據日本書紀所言，天津神系的武神——經津主神與武甕槌命試圖平定代代定居於日本列島的眾國津神，不過當時祂們怎樣都無法讓住在天上的惡神——天香香背男服從。代替祂們前往討伐星之神令其服從的是倭文神建葉槌命。連武甕槌這般的英雄神都無法擊退天香香背男，為何紡織之神卻能將其打倒？這一點被視為不解之謎，雖然眾說紛紜，卻沒有定論。

「貴神社是如何傳述御祭神的事績呢？」

「建葉槌命在當地將龍擊退，就是這種內容。」

這又是令人印象深刻，應該說是華麗的故事。

「是在這塊土地上嗎？」俊樹問道。

「是的。」

「是將天香香背男視為龍嗎？」

「在本神社，天香香背男就是龍，這點有誤嗎？啊啊，或許不對呢。畢竟在日本書紀裡寫的是星之神啊。」

有趣。

與其這樣講，不如說俊樹覺得開始有搞頭了。他有一種直覺，只要順著這裡往上追溯，就會出現某樣東西。這座神社的古老傳說恐怕是獨一無二之物。只要以此為線索，不就可以解開神話裡的其中一個謎團了嗎？試著拿來跟八岐大蛇傳承做比較，或許也會出現有趣的結果。

「貴社祭祀的天神是如何制服龍的呢？有詳細的事蹟嗎？」

「雖然沒有流傳下來，不過我認為或許祂是編織了很多繩子，然後用它們纏住龍呢。」

「用繩子嗎？」俊樹在沙發上略為改變姿勢。「不是用倭文織布蓋住，而是用繩子纏住？」

「我想或許是這樣。」

「為何？」

「於本神社，組紐編織是祭祀儀式的一部分。糸守鎮雖是組紐編織的產地，不過要遡本究源的話，我覺得是因為本神社擁有這種祭祀儀式，所以才在民間傳開來的。就算到了現在，我們也會將組紐編織用在神樂舞上面，除了在授予所那邊將它分給參拜者外，也會將編織方式教給本地信眾跟外界信徒。做好的組紐編織要放上神壇，在那之後我建議可以戴在身上。」

「所謂的組紐編織，是那個用五顏六色的線編織出複雜花紋的細繩嗎？」

「是的，我想就是您所想像的東西。」

「為何不是布呢？除了這裡以外，我不曾聽過有其他倭文信仰的神社編織細繩。就算毫無遺漏地調查全國的倭文神社，我想也只有這裡這樣。這是貴神社特有的形式。為什麼貴神社的編織物是細繩，而不是用紡織機織布呢？」

「不，這我不曉得。」

「編繩這件事是從何時開始的，有留下這種紀錄嗎？」

「不曉得。那個，雖然很丟臉，不過這種事我幾乎都不曉得。」

「咦？」

「據說享和三年，也就是距今有兩百年以上的一八零三年，在神社附近的草鞋店曾經發生火災，而且還演變成森林大火。不但對糸守的集落造成巨大損害，宮水神社也幾乎全部燒毀。擔任神職者的宮水家之人也一口氣死了許多人。雖然曾經有過書面紀錄，不過全部都燒掉了。這起事件取了草鞋店老闆的名字，所以被稱為『繭五郎的大火』。」

以發生火災者的名字命名嗎？就各種層面來說都挺可憐的就是了……

「真可惜呢……就算是為了日本歷史，這件事也很可惜。」

「嗯嗯，真的，我也這樣覺得。所以本神社在兩百年前的記憶有著斷層。神社的位置也跟以前的場所略有出入，規模也變小了。」

「所以說當時是一脈相傳嘍。」

「是的，以前許多神社都是如此。不過現在不一樣了。」

原來如此，因為發生了這種事，所以記憶遺失了。

以前的神社經常出現將古代神事的祭祀順序，以及神社特有的祝詞（或者是構成其文面的規則）傳授給單一繼承人的情況。只將知識傳授給自己的一個小孩，就是所謂的「一子相傳」。

至於為何要這樣，其中存在著各種理由。一方面也是為了防止技術外洩而產生同業人士，而且如果存在著「只有這一族才會做的重要之事」，加害一族的情況也會因此而消失。這種行為可以成為防禦權威者的手段。

不過這種方式同時也抱持著重大的缺點。因為某種理由而無法傳授下去的話，自古守護至今代代流傳的祕傳就會全部迭失。

舉例來說，就像上一代領導者在傳授祕儀前就突然死去的情況。如同宮水神社的案例，上一代領導者跟下一代繼承人都死亡的話，過去的記憶就會全部遺失，跟以前的神社之間的連續性也會消失。

長達一千年至一千五百年的這段時間中，這種事故恐怕發生過許多次吧。每次發生這種事時記憶就會出現斷層，於古代所進行的祭祀形式才會東一塊西一塊地出現缺損吧。

據說神道是在平安朝剛開始的幾乎同一個時期變成現在這種形式的，不過當時或在那之前的人們雖然設定了「一子相傳」的規定，卻沒想像到自己的祭祀儀式會

以傳統之姿延續至千年之後吧。講起來雖然天經地義，俊樹仍是忍不住怨恨起那些虛構人物。

全國各地的所有神社，應該都各自存在著特有的祝詞形式與儀式才對。

然而，這些事如今幾乎已不復存在。在現代，各神社所朗讀的祝詞構成或是儀式順序，幾乎都是在近代以後再次整備好的事物。跟佛典幾乎以文字資料形式留存著的佛教不同，就這層意義而論，或許可以說神道這個宗教失落了它與古代之間的連結……

「那麼，我可以明白一件事了。」俊樹如此說道。「剛才在神社院內有參拜者在朗誦祝詞，不過那段祝詞聽起來卻像是出雲系的東西。」

「嗯嗯，本神社現在的禱詞——在本神社這裡祝詞稱為禱詞——有好幾段跟出雲大社使用的祝詞幾乎完全相同。」

「恐怕是在發生大火災後面臨必須參考某物重建已經迭失的祝詞，所以才從出雲神社那邊借用的吧。不過倭文神是天孫系的神格，貴神社身為天孫系統，為何採用出雲系的祝詞呢？」

「為什麼呢，我感覺當時的規定還滿寬鬆的，所以覺得很溫馨就是了……」

宮水二葉的脣瓣帶著柔和笑意。

「燒掉的古文書裡，也有詞書讚揚倭文神擊退龍的豐功偉業，或是禱詞的例文吧。我也常會想如果那些東西留下來就好了呢。」

雖然自己也覺得希望渺茫，俊樹仍是陳述自己想到的事。「無法從平安留存下來沒有迭失的祝詞中挑出特徵，藉此復原迭失祝詞大致上的次序嗎？」

「如果不介意的話，此事可以由您來進行嗎？」

宮水二葉的臉筆直地看著俊樹的眼睛。

「我將寫成筆記的祝詞印一份交給您吧。那是大火之後倖存下來的神職人員統合記憶中的情報書寫而成的。您可以閱讀電子郵件嗎？」

「嗯嗯。」

「我這裡有弄成文字檔案的資料，我會再寄給您。」

「這真是太令人高興了，感激不盡。」

「哪兒的話，我們這邊也很害怕迭失，所以想讓各方人士持有這些資料呢。」

俊樹微微瞪大眼睛。

至今為止他曾經為了取材而跟無數神社相關人士見過面，卻還是初次有人把話

講得這麼白。

俊樹有所自覺，自己的興趣正漸漸移向眼前這名女性的個性。即使這樣做會偏離學術採訪的做法，他還是想問看看略微深入的問題。

「那個……就現實面而論，龍是不存在的吧？」

「是的，我是這樣想的。所謂的龍，我覺得是某種東西的比喻。」

「只要能清楚地明白那個比喻的源頭為何，就能解開歷史上的一個謎團。至少也會變成一個極重要的線索。思考這種事就是我所進行的生意。關於這方面有何線索，您可以給我一些建議嗎？」

「這方面我是外行人呢……」

「不，倒不如說我想要外行人的意見。您這般身分地位的人可以親身感受到貴神社的傳承，就算沒留下紀錄，應該也繼承了流動在傳統之中的文脈才對。」

俊樹如此說完，宮水二葉將手放到膝蓋上，改變了腳尖的位置。

「這個嘛……舉例來說，像是暴虐的支配者，或是侵略者、征服者。有這種人物存在，然後人們靠著縝密的合作加以驅逐——或許曾經發生過這種事吧？」

暴君是龍，而互相合作的人們則是——

俊樹說道：「意思就是將『人們的意志形成網絡互相合作的姿態』用紡織跟組紐編織來表現嗎？」

宮水二葉發出「嗯嗯」的聲音點了頭。

雖然是老實溫吞的想法，卻是新觀點。

俊樹在自己膝上十指交握，思考著這個觀點。在他默不作聲沉思之際，宮水二葉感到很有趣地開了口。

「您露出有點不大能接受的表情呢。」

「不，沒這回事……」

俊樹如此說道試圖打馬虎眼，宮水二葉卻用「真的是這樣嗎？」的表情微笑著。俊樹放棄掩飾，說了聲「是的」。宮水二葉用右手揮開纏在左肩上的頭髮，然後重新面向俊樹。

「可以請您說出現在腦袋裡正在思考的事嗎？」

那是耳語般的美麗聲音。

（不妙啊。）

溝口俊樹表情一僵。

「想聽你的意見」可是甜言蜜語。

大部分的學者都渴求著這句台詞。

而且自己也不例外。

然而，在訪談時向對方過度闡述自己的解釋是大忌。因為之後出現的話題都會變得偏頗。

訪談時為了討對方歡心，會只說出對那個解釋有利的事情，或是無意識地扭曲原本的情況。

俊樹說明了這種事，宮水二葉卻微微傾斜臉龐。

「或許如此吧，不過我想聽你說話。」

這可不是什麼甜言蜜語。

而是致命的吸引力。

「兩百年前貴神社的神職者對於導入出雲系祝詞一事並未感到不自然，倒不如說或許還漸漸變得水乳交融了。我覺得這可能是重要的線索，因為這表示貴神社的信仰文脈中可能存在對國津神系統的贊同感。出雲是國津神的統轄者，不過——」

俊樹屈服於想將心中所思之事說出口的慾望。

他開始論述：

「倭文神建葉槌命是天津神的系統，所以乍看之下倭文神信仰的宮水神社對出雲系有著贊同感一事並不合理。然而跟倭文神成對的存在是天香香背男，如果將祂列入考慮的話，那事情就會變得不一樣了。天香香背男是星神，所以被視為天津神系，不過祂是不服從的神，是反抗的神，所以具備著國津神般的性格。也就是說，我認為宮水神社原本是信仰天香香背男的星神神社吧。」

身為宮水神社巫女的女人略微探出身軀。

她用姿勢表示希望對方再多講一些。

「我今天早上去縣廳那邊調查了糸守的事情。糸守湖據說是隕石湖，也就是隕石墜落所造成的湖泊吧。」

的確如此——女人如此說道。

「在古語中蛇稱作案山子，也就是人稱虎斑游蛇的案山子。而香香背男就是案山子的訛誤。天香香背男就是空之蛇，也有一種說法是將流星看成蛇，所以才會使用這種名稱。蛇跟龍是互通的，因此天香香背男既是星神，也可以視為龍。說不定組紐編織本來是象徵蛇的物品。既然如此，就能解釋為何宮水神社不是織布，而是

做組紐編織了。」（註：蛇會捕食害蟲，在日本古代被視為田地的守護神，所以之後才會用案山子做為稻草人的代稱）

宮水二葉點點頭。

受不了了。

「就在此時，隕石墜落了。」

溝口俊樹如此說道：

「雖然不清楚隕石是何時墜落，不過星星墜落至擁有星神信仰的村子，大批人因此死去。死跟破滅是污穢之事，信仰星辰的人們因為星辰而承受污穢，舉例來說或許這就是『被神背叛』的形式。說不定就是為了消除這種污穢，所以才更換了信仰對象。天香香背男的信仰被捨棄，然後導入了祂的天敵倭文神信仰。代表蛇的組紐編織被重新解釋為束縛蛇的事物。使用今天出現的所有情報重新組成故事的話，就會是這個樣子。這就是我現在在思考的事情。」

「我接受提問。」以授課語氣如此說道後，宮水二葉沒發出聲音地笑了。然後她說了話。

「最初是信仰流星，擁有編組紐編織這種祭祀形態的香香背男神社……因為隕石墜落破壞集落，所以那個信仰遭到捨棄，又因為倭文神是星辰之戰的勝利者，因此導入了祂的信仰。編繩的習慣也適用於倭文神信仰，所以就這樣保留下來。」

俊樹想說的就是這種事情。眼前這名年輕女人完全理解這些情報，俊樹感到很滿足。

宮水二葉壓低視線靜靜沉思。在這段期間內，溝口俊樹望著女人長長的睫毛。睫毛遮在上面，幾乎可以看見它的影子落在眼睛上。不久後，女人抬起臉龐。

「好好地編入既有情報加以整合，就論點來說我認為是成立的。」

巫女望著俊樹那邊，就這樣用指尖觸碰自己的指甲。

「不過……跟我在這裡親身接觸到的宮水的面貌，方向性似乎大有不同。我覺得在我們從事的行為中，成品是布或是繩子並不是那麼重要，而是將重點放在組合跟編織上面。如此一來就表示自古以來，在隕石墜落之前編織這件事就是信仰，而且存在著將編織物供奉在神前祭祀的形態……」

也就是說，紡織之神打從最初就被信仰著嗎？

真開心。

相當愉快。

心靈好像要敞開到危險的地步了。

「有類似論據的東西嗎？」俊樹說。「也就是可以補強那個說法的東西。」

「是直覺。」

宮水二葉毫不拘泥地乾脆說道，接下去的台詞被非常惹人憐愛的微笑妝點。

「雖然是直覺，不過宮水家的直覺可是不容小覷喔。」

在那之後，溝口俊樹跟宮水二葉有好一陣子都在重複著這種議論。話題重新回到龍究竟是在比喻何物的這一點上面後，俊樹下意識地望向背後的凸窗。雖然無法從那道窗戶看見糸守湖，他卻心念神馳地試圖看見它。

「說不定事情會變成湖裡面現在還棲息著龍啊。」

他自言自語般說道。

「會像尼斯湖水怪那樣變成觀光聖地嗎？」宮水二葉用非常親暱的語氣如此說道。「既然是糸守湖……」

「就是糸守湖水怪了啊。」

「聽起來像是戀慕（註：「糸守湖水怪」與「戀慕」的日文發音相近），總覺得挺吸引人的呢。」

兩人相視而笑。

回去時，宮水二葉笑容滿面地站在玄關口那邊。

「有空再過來坐喔。」

「咦？」

「您還會前來拜訪吧？」

「嗯嗯，大概吧。」

俊樹對自己的心情說出了老實的回答。如此說道後，俊樹問了打從最初就感到在意的事。

「我來這裡時，妳見到我好像被什麼事嚇了一跳呢。在那之後，妳輕輕地露出了微笑，這是怎麼一回事呢？」

宮水二葉掛著微笑，就這樣微微露出困擾表情。

然後說出很驚人的話語。

「雖然不曉得是為什麼，不過最初見到您時，我就覺得自己會跟您結婚。這是

為什麼呢，真是不可思議啊。」

輕描淡寫地陳述這些話語後，宮水二葉一副察覺到「自己到底在說什麼啊」的模樣。

「咦，我……」

她把手放在臉頰上轉開臉。「真是奇怪呢……那個，這樣奇怪嗎？」

3

在那之後，俊樹跟宮水二葉見了許多次面。見面之際，他一直強烈地說服自己「這是現場訪談」。

俊樹對宮水代代相傳的神樂舞很有興趣。據說發生「繭五郎的大火」後，宮水的神樂舞也幾乎沒有迭失地留存下來。因為需要花費很長一段時間才能習得舞蹈，所以趁早將舞蹈教給了好幾名女人。由於也有需要一大群人跳的神樂舞，因此村子裡的女孩中也有人在學習它。因為這些因素，要復原、重建也很容易。不過這些神樂舞是在表現何物，關於這件事的解釋在發生大火前似乎就已經失落了。

觸及這種話題時，宮水二葉她——

「我跳給您看吧？」

「咦？」

「我現在跳神樂舞給您看吧。」

宮水二葉這麼說時，已經從座位上抬起腰。「請前往神樂殿。那邊用格子牆封閉著，所以會有點暗就是了。」

能看到平常的神樂殿內側，而不是舉行祭典時的模樣相當稀奇。正式進行神樂舞時會將三面牆壁全部打開通風，如今卻是關著的，照明僅有設置在天花板上的淡橘色電燈炮。那道光看起來像是黃昏的顏色。待在完全沒有窗戶，只有一道小小入口的四邊形空間裡後，「密室」這個字眼浮上意識。

宮水二葉來到那間密室，變成孤男寡女共處一室。

宮水二葉從拜殿那邊取來裝著握把，並且用組紐編織裝飾的金色響鈴。

「方便錄影嗎？」俊樹取出數位相機如此說道。

「嗯嗯，請。」

直到現在，俊樹一有機會還是會把那段影片拿出來播放。

俊樹想到宮水二葉時，腦中會浮現白色的印象。

她周圍看起來像是充斥著若隱若現有如白光的事物。當然這是錯覺，因為她總是在身上的某處穿戴著白色的物品，所以才會強烈地在腦中留下白色般的印象。

雖然肯定是這樣沒錯，不過只要閉上眼，就能在那片黑暗中看見一個發光的場所，俊樹覺得自己好像可以靠它明白她的位置。

不妙……

自己幾乎不會為了他人這種存在動心——溝口俊樹是這樣想的。

雖然根據狀況不同，要變得多友善他都做得到，不過那全部都是在作戲。

與他人締結關係這種事，基本上怎樣都行。

也不曾因為這樣而特別感到不便。

這種生存方式很輕鬆。

這種幼稚的防禦崩潰了。光是見著面，就輕而易舉地向下崩塌。

疊得高高的障礙物漸漸被分開。

至今為止，俊樹都告訴自己這是工作上的訪談。說服自己的說辭失去效力的瞬間來臨，俊樹的意志有了反轉的體驗。知道自身意志朝以往都不去正視的方向滾落，是一種很奇妙的感覺，就像向後倒下，墜落懸崖似的。

在這種下墜的感覺中，俊樹確認到接下來要前進的道路上有著層層阻礙，而且也必須付出極大的代價。

自己將會失去至今累積而來的絕大部分事物吧。

很好，求之不得。

跟接下來會得到的東西相比，根本只是小事。

溝口俊樹終於死心了。

的確，我好像會跟這名女性結婚。

俊樹對二葉說出這些事時，兩人在糸守湖的湖畔。二葉握住俊樹的雙手，有如從前方擁抱似的靠向這邊，在他脖子上吻了一下。二葉比俊樹用眼睛估算的還要嬌小。之所以對此感到意外，或許是二葉的存在感在俊樹心中已經膨脹到可以說是巨大的地步吧。

湖泊的水面因風而產生波浪，陽光反射在那上面發出光輝。那陣風橫渡湖面而來，舒服地輕撫著身軀，群山的綠意彷彿成為薰風飄向這兒。周遭的一切雖是如此美好，站在那兒的兩人卻都表情嚴肅。他們正在思考接下來有可能會失去的事物，以及確定會失去的事物。

二葉的母親，也就是宮水神社的宮司宮水一葉露出明顯的不悅表情，反對這門婚事。因為獨生女開口說自己要跟最近才剛認識的男人結婚，所以這也可以說是理所當然的反應。不過面臨女兒完全不聽勸也不接受叱責的事態後，母親大為震驚。至今為止，這對母女的價值觀並未出現過太大的差異。

二葉態度頑固不願屈服，堅持無論如何不管發生什麼事都要跟對方結婚，一步也不肯退讓。談判之際，母親有好幾次都浮現了困惑的表情。

母女之間有了一場長達數日，甚至令背脊發寒的棘手交涉。關於此事俊樹無法插嘴，如果做出這種舉動，這件事肯定就會變得窒礙難行。這是二葉無論如何都得突破的困境。

關於將陌生人物的血脈引進宮水家一事，宮水一葉似乎真的感到很抗拒，但她終究還是屈服了。

有體力的那一方獲勝了——看起來的印象雖是如此，不過或許也有一部分是因為宮水一葉在冷靜下來漸漸理解狀況的過程中，走到了死心的境界吧。至今為止精挑細選女婿候選人的舉動都白費了，宮水神社的宮司如此抱怨。

不過，宮水一葉也對俊樹加上了條件。她會認可這門婚事，相對的，俊樹則是要入贅宮水家，還有要辭去現在的職位，在宮水神社工作。二葉雖然也想讓母親收回這些條件，不過母親果然還是不可能讓步到這個程度。

辭掉工作當養子，求之不得。「沒關係，就這樣吧。」俊樹乾脆地吞下了那些條件，反正事情也一定會變成這樣。

溝口家在奈良是歷史悠久的家族，而俊樹則是長男。俊樹的老家是大地主，雖然俊樹現在因為在大學工作之故而住在京都的公寓，不過家人跟一族之人都深信他

早晚會回到老家。而且老家附近有一名由家族之間自行決定的未婚妻。

俊樹對結婚這件事並不特別感興趣，所以儘管家人動作頻頻，他仍是視而不見，卻在袖手旁觀之際演變成周遭之人擅自談起婚事而無法拒絕的狀態。而且雖然有一半是偶然，婚約對象居然是俊樹職務上的恩師的孫女。

在數個場合出現了漫長的談判。俊樹很熱誠，表面上卻相當冷靜地解釋了整件事。這種冷靜也更加激怒對方。他們火冒三丈，而火冒三丈的人為了從狂怒這種情感表現本質上的醜惡轉移目光，會期待對方也做出相同水準的激烈情感表現。這種下意識的期待一旦遭到背叛，就會出現他們會覺得自己遭受「你真醜惡」的指責，然後變得更加生氣的惡性循環。

俊樹一邊在腦袋裡進行這種分析，一邊一股腦地解釋。談判總是不斷鬼打牆，同樣的事情也被問了無數次，所以俊樹都會回答相同的話語。在這段期間內，激烈的情感一直沒有表露在外，因為他認為沒有這個必要。雖然受到無數次言語上的侮辱，俊樹卻也沒特別生氣。俊樹認為不管人格被他人怎樣批評，自己的價值都不會因此而有所增減。俊樹就像這樣忍耐地奉陪著這種連議論都稱不上的談判，一邊擺出在底線下決不讓步的態度。對方時而恫嚇時而懇求，時而聲淚俱下，時而語帶威脅，時而試圖說服。有冷嘲熱諷也有沉默。俊樹觀察著這些行為目不暇給地隨機發生，然後又消失的模樣。

不管是哪一種做法都沒讓他心動。

這些人們身上沒有任何可以讓他心動的事物。

雖然不是刻意所為，不過結果而論，就是變成了確認這件事的行動。

太棒了。

自己找到了不會讓自己無動於衷的事物。

發現令自己心動的事物，而且馬上就要弄到手了。

談判變成帶有悖論性質的確認。

簡直像是以扭曲的形式接受祝福一樣。

是自相矛盾的祝福。

老家那邊最後丟出「給我滾出去，以後再也不要踏進這個家的大門」這種老梗台詞。在那之後，除了葬禮以外雙方變得毫無瓜葛，而且俊樹並不特別在乎。

他也辭掉了大學的工作。當時在歷史悠久的大學研究室裡，仍然存在著近似師徒制的形式（特別是這個領域），既然讓恩師與其孫女顏面盡失，俊樹也很難繼續在職場上待下去。不過這件事俊樹也不特別在意，因為俊樹的研究領域並不是那種不在大學就難以研究下去的領域。

像這樣失去歸所後，溝口俊樹移居到糸守鎮神社旁的宮水宅邸之中，而且變成了「宮水」俊樹。從舊居拿到此處的東西是國際牌的唱盤與馬蘭士的擴大器、天朗的喇叭。黑膠唱片剛好一百張（其中有三十五張是格倫・顧爾德），以及衣服、百利金鋼筆還有舊式ＰＣ。至於書本，由於不是可以搬運出來的數量，所以都捐給學校了。貓則是硬塞給熟人請對方幫忙收養。

坐上放置於榻榻米上的椅子後，俊樹整理起行李，此時二葉過來了。

「親愛的。」

因為還沒有入籍，所以二葉用了這種稱呼。被別人稱為「親愛的」是一個很新鮮的經驗。

二葉露出揪心的表情。那是因為俊樹的事而感到心痛，而且因為這件事也讓自己感受到強烈痛楚的那種表情。看到二葉的這種表情後，俊樹也感到揪心。

他想要用手指觸碰那些長長的睫毛。

「沒關係啊。」

俊樹把二葉拉過來，將手放到她的腰際。

「只要能得到妳，我什麼都不需要。」

雖然正如字面所言，不過回神一想，這並不是能在清醒狀態下說出口的台詞。俊樹以為自己會被笑，不過二葉卻認真地接受了這句不能在清醒狀態下說出口的台詞。

「謝謝……」

就這樣，兩人成為了夫婦。

4

二葉的母親雖然有好一陣子擺出了無法釋懷的表情，到頭來卻還是接受了俊樹的存在。

如此一來，糸守這一方的事情就在不知不覺中進行下去。

這門婚事並未舉行喜宴，不過結婚典禮當然是神前式。雖然是理所當然的事，

宮水一葉一手包辦了一切。

這塊土地位置偏遠，而且交通設施也不發達，所以俊樹以私人身分邀請的友人中只有五人能來到糸守這裡。光是有五個人能來就已經很了不起了。另一方面，說到新娘那一邊，聚集的人數讓人以為鎮上的每一戶人家都前來觀禮了。

這種情況在當時就已經是一個預兆了。

「總有一天你也要會做母親做的事喔，我們會教你的。」

「……是指神前式的主祭者嗎？」

「沒錯，結婚典禮果然還是要由男性的神職人員來進行才像樣。我已經過世的父親也做過喔。」

「父親也很辛苦啊。」

回答的方式雖然悠哉，俊樹心裡卻覺得大事不好了。

神職者的行為，都是在繁瑣慣例下事先決定好的。從行禮方式跟笏的用法為始，哪一邊的腳要先踏出去，一直到指尖動作為止都有著規定。

這種程度的事俊樹當然曉得，也覺得自己將會學習那些做法，不過他連想都沒想過自己會被要求成為結婚典禮的負責人。

俊樹初次去宮水神社「上工」的那一天，從後方前來的岳母——

「有事全部去問二葉。」

這個男人能成材嗎？一葉臉上雖然充滿這種疑惑，口氣卻沒有特別自暴自棄。

「二葉比我還有任何人都有宮水風範。凡事只要先問過二葉就不會有錯喔。」

這是岳母還沒弄壞身子性格變軟弱之前的事。所謂「宮水風範」究竟為何，俊樹至今仍不太清楚。

雖然不確定是否可以稱為修行，不過俊樹開始學習如何成為一名神職者了。從青袴跟白狩衣的穿脫方式與折疊方式開始，鞠躬行禮的方式，道具的使用法，對事物的思考方式……這類事物二葉都教給了俊樹。

宮水神社並不隸屬於神社本廳（註：神社本廳是統合日本大多數神社的宗教法人兼中央事務局），各類事務的進行方式也與外面的神社有著頗大的差異，所以俊樹用不著參加替有志於神職之人準備的講習會，也沒被叫去國學院之類的地方學習。

然而，被這樣要求恐怕比較輕鬆。

（教導的方式……）

因為是自己人，所以教法毫不客氣。

那是不論早晚總是跟師父待在一起的生活。是因為不能鬆懈的關係嗎？俊樹感到自己在轉眼間變成了「神主先生」。耳中好像能聽見構成要素「喀啦喀啦」被更換掉的聲音。

只有祝詞這方面，由於上一個職業的性質之故，俊樹有辦法書寫閱讀古文，所以幾乎不感到辛苦。只有這一點很輕鬆。不過講到「祝詞」時，會被開口糾正：「是『禱詞』喔。」

像這樣漸漸習慣糸守鎮跟宮水神社的生活後，此時俊樹開始慢慢地理解，驚訝之情也開始慢慢變大。

宮水二葉對這座糸守鎮來說，影響力有點非比尋常。

成為俊樹之妻的宮水二葉還不到二十五歲。俊樹年紀雖然比她大上一輪，有時仍會被當成乳臭未乾的小伙子，但俊樹至今不曾見過有人把二葉當成小姑娘看待。說到處遇方式，可以說剛好相反。

就一般標準而論，二葉應該只是略微脫離小姑娘的階段，但她在這座小鎮卻「非常」受到尊敬。

俊樹暗中觀察後，甚至覺得二葉的身體根本就是會發出謎樣靈光，而且只有糸守的居民可以看見那道光。特別是老人，情況看起來像是見到信仰對象的本尊似的。一葉雖然也備受敬重，不過程度比起二葉略低了一些。

以前還因為進行研究調查而進出糸守鎮時，俊樹有從上了年紀的人們那邊聽聞一事。宮水神社在歷史上是信仰中心，同時也是當地的豪族，如果宮水女人單方面下達命令，村裡的人就會完全無法違抗。似乎曾經有過這樣的時代。

戰後社會體制煥然一新，這種氛圍也因此一掃而空，不過年長者之中仍然有人有著這種感覺。

二葉所擁有的那種不食人間煙火般的氣質，或許從人們的意識底部喚醒了昔日支配體制的記憶。

當時訪談過，住在糸守的九十歲老人論述了「二葉小姐體內好像有神明」這樣的重點。

有當時的紀錄。是因為年紀影響嗎？雖然訪談內容糊成一片，不過就是這種感覺。

『老朽呀——啊——就是那個啊，代代祖先都是宮水神社的信眾啊。

然後呀，老朽也一直都認識那邊的人們（註：指宮水家）。

豐子小姐、節子小姐、言子小姐、言葉小姐、一葉小姐、二葉小姐，老朽這一路上一直看著她們啊。

哎，雖然豐子小姐老朽只在兒時的祭典上稍微看到一下子而已啊，不過老朽跟言葉小姐很熟唷，因為老朽跟她是同學嘛。

不過啊，說到現在的二葉小姐這個人，她很好呢。

真丟臉啊，不可以這樣說啊。那位小姐很好啊，她散發光輝呢。

雖然搞不太懂是什麼，不過那個人體內感覺像是有神明呢。

雖然臉生得很美，不過可不只是美人喔。

老朽這裡也有神壇，而且也會祭祀，不過這事兒就像是變成了單純的習慣啊。

看著二葉小姐這個人讓老朽有了一種想法，覺得相信所謂的神明也可以呢。

這是為什麼呢，這沒有什麼道理啊，不能那樣說啊。』

是因為居民有這種意識嗎？鎮民有迷惘之事或是煩惱時，就會把問題帶到二葉這邊。然後二葉所提供的意見會被極強烈地尊重。

而那些諮詢也讓俊樹的心情變得帶有諷刺意味。

像是對人際關係感到煩心，或是年紀大了提不起勁這類的煩惱雖然平庸，卻是世間常有又能感同身受，所以俊樹還可以理解。

不過像是覺得關節痛想去看醫生，A醫院還是B醫院比較好？

飼養的牛沒有精神該怎麼辦才好？

這種問題去問專家或是占卜師，要不然就去抽個籤吧──俊樹如此心想。

（現在是什麼時代啊。）

村子裡有賢者般的老人，只要一有問題就先去找那個人商量這種村落制度般的習俗頂多只到大正為止，在昭和時代就已經滅絕了吧。

這樣子完全就是落語裡的江戶時代，是世外桃源裡的小巷隱士。

這種事雖然也令俊樹感到吃驚，不過說到還有什麼事情更叫他吃驚，就是二葉提供給他們的建議是有系統的，而且很精確。

她會做出「原來還可以這樣說啊」這種令人拍案叫絕的解釋，然後做出結論。

而且那個結論正確無誤。

俊樹覺得這簡直像是二葉持有一本書，而且「裡面寫著世間所有疑惑的標準答

案」，所以她隨時可以拿出來當作參考似的。

根據二葉所言，在她高中不曉得有沒有畢業時就已經有這種諮詢找上門了。

究竟是在哪裡習得適當地回答這些諮詢的能力呢——俊樹試著詢問，不過二葉並未特地在何時何地學會這種技能，所以她自己似乎也不是很清楚。

晚上俊樹待在自己用來當成書齋使用的獨棟日式房間裡。宮水宅邸空房間很多，所以要用幾個房間都行。

室內照明只有黃光色澤的油燈式讀書燈，俊樹靠在有椅腳的矮椅上聽著莫扎特的鋼琴奏鳴曲，一邊閱讀研究延喜式祝詞的研究書籍（平安時代的宮中祝詞文例集）。就在此時紙門靜靜開啟，二葉進入室內。

二葉不發一語進入鋼琴的音場後，有如寂寞難耐想要感受體溫似的從上面抱了過來。

她坐在俊樹的大腿上，將他的頭擁入懷中。

俊樹將書本放到榻榻米上，將手繞向後方輕撫二葉的背部。

罩衫的觸感很舒服。手指隔著罩衫感受肌膚，滑順的布料質地跟絹布一般細緻的肌膚互相摩擦的感觸也很舒服。俊樹將臉埋進二葉的柔軟部位，試圖聽她心臟的聲音。

至今為止渴望他人的體溫時，二葉都是怎麼做的呢？

朋友她要多少就有多少吧。

不過寂寞難耐時能夠擁抱的對象，糸守鎮應該找不到吧。就是因為在糸守鎮，所以找不到。

二葉改變姿勢將手臂繞向脖子，就像要咬住耳垂似的。她似乎很中意耳垂。耳垂被觸碰後，沙沙沙的乾燥聲響輕搔耳膜。

說不定她試圖傳遞某種無法化為言語的情感。

5

「世上萬物皆有其所喔。」

早晨時俊樹備好神饌供奉至神前，一邊對做著這種事的自己感到突兀。

身體的動作跟頭部，以及有辦法流暢地朗讀禱詞的嘴巴雖然漸漸變成頗為優秀

的「神職者」，意識卻還不是如此。

當天夜裡俊樹回家後，目前暫時節制沒去神社那邊的二葉，坐在榻榻米房間裡悠閒地折著洗好的衣服。俊樹一邊幫她忙，一邊進行並不特別要求結論的閒談。在對話中俊樹低喃「到現在我還是對自己在宮水家做這種事感到不可思議」後，二葉陳述了具有「萬物都有它們的歸所，你也一樣喔」這種含意的話語。

還真是說出了厲害的話語，就像是神諭。話中似乎帶有俊樹來到這座城鎮，在這個家停留是具備某種意義的含意。

「這孩子之所以在這裡出生，也具備著某種意義喔。」

二葉用手觸碰確實地變大的腹部。她垂下視線露出放鬆的表情，然後拿起俊樹的手觸碰自己的腹部。

對俊樹來說，並沒有自己是因為某種意義才誕生到這個世上的實際感受。被生下來雖不是自己的意願，不過誕生後他靠著自己的意志跟選擇活到了現在。在糸守這裡擔任神職者雖令俊樹感到不可思議，但他並不覺得自己之所以在這裡是冥冥之中自有註定。藉由選擇來決定自我，自我藉由選擇而存在著。俊樹擁有這種類似存在主義的思想。

俊樹甚至沒有「自己之所以誕生，就是為了讓這孩子存在於這個世界」的感覺。這是弄淡自由意志尊貴度的想法。自己用自己的意志結婚，在這裡生活也是自己的意志所決定的，生小孩也是如此。

然而，就連這樣的俊樹也如此思考：

「一半是由自己所組成的全新人類馬上就要開始存在了嗎？」

未知的感覺襲向心頭。

硬是要用視覺概念去做比喻的話，就是在時光隧道前方看到宇宙的感覺。綿延不絕的某物。

二葉第一次生產時，陣痛比預定來得還要早許多。當時俊樹因為要參加文化人類學相關的研究會而在青森縣的飯店。集合後與會成員開了懇親會，俊樹在這種意義不明的宴席上扮笑臉時，手機發出低吼。是二葉傳來的郵件。

『我好像要生了，要去搭一下救護車。』

字面上看起來還真是悠哉到不行啊——如此心想後意識掌握到現在的狀況，俊

樹頓時臉色發青。

飛機買不到機位，所以俊樹衝進東北新幹線，但它卻因為暴風雨而停駛。在東京那邊東海道新幹線的末班車已經開走，因此俊樹租了車。他馬不停蹄地在東名高速公路上向西方前進，經由愛知縣抵達糸守鎮所在地岐阜縣的Z郡那邊，而且這段路程就像無窮無盡似的。抵達綜合醫院後，俊樹打算衝進正面玄關，然而在開放時段外而上了鎖的自動門卻擋住他的去路，所以他衝進後門。

打開病房的沉重拉門後，二葉躺在床上。床旁擺著保溫箱，嬰兒就在裡面。

俊樹停下腳步，眺望了一陣子四邊形病房的奶油色空間，以及位於中央的存在。暖和事物從房間中央放射狀地釋向周圍，俊樹一打開門扉，就覺得自己好像接觸到它，全身被包圍似的。

接近那邊後，二葉雖然撐起身軀，卻整個人都累癱了。

「怎麼樣？」俊樹問道。

「嚇了一跳。」

俊樹輕輕地笑了，想不到生產的感想是「嚇了一跳」。

二葉將手伸向這邊，所以俊樹握住了那隻手。他握著二葉的手，就這樣探頭望向保溫箱。

在那兒的東西有如濕掉般水水嫩嫩，滿是皺紋，而且是紅色的。

雖然是理所當然的事情，不過赤子真的是紅色的。

俊樹伸出小指，觸摸嬰兒仍然很孱弱的小手。用成年男性的手握住好像會壞掉似的，所以還只能用觸碰的。

真是不可思議。

這個嬰兒甚至還不能說是人模人樣，不過一定很快就會變得跟二葉一模一樣。這甚至不是願望也不是預測，而是打從此刻起就知道這是事實。知道這件事相當地不可思議。

「親愛的，關於名字……」二葉說道。

事先兩人就知道出生的會是女孩。俊樹明白這件事，所以至今為止在紙上又寫又劃掉地不斷寫下數十個女孩的名字。光是到今天還留下來的候補名字也有十個，然而……

「三葉。」

這不是事先準備好的任何一個名字。

二葉露出微微吃驚的表情，說了句：「是嗎？」歪了歪頭。

「這是獨一無二的名字喔。」

雖然跟宮水家怎樣又怎樣無關，不過這孩子是二葉的半身。所以這是跟在二葉後面而來的名字，除此之外不作他想。

「是為什麼呢……」二葉說。「這孩子出生時，我也覺得只能取這名字呢。」

三葉那隻連觸碰都會讓人心生猶豫的小手反握伸出來的指頭時，俊樹覺得自己的心就這樣直接被抓住了。就算到了現在，俊樹還是清楚地記得當時的事。

三葉是一個很不用他人費心的乖孩子。

在俊樹眼中，三葉直到五歲時都不像自己心中所想那樣貌似二葉，不過進入小學就讀沒多久前，她身上開始帶有母親的氣質了。

「不過也跟你很像喔。」

「是嗎？」

「頑固的地方一模一樣。」

這個評價與俊樹的想法並不一致。

俊樹提出詢問。

「三葉頑固嗎？」

「非常。」

說到心中在意的部分，能想的頂多就只有三葉比其他小孩還不常笑這件事而已。不過仔細思考的話，俊樹本人也是那種不太笑的個性，而且似乎小時候便是如此。也就是說，這一點很像父親。

三葉很喜歡親近這個冷漠的父親。假日時俊樹在外廊那邊曬太陽一邊閱讀柳田國男的書時，三葉抱著繪本發出叭噠叭噠的腳步聲從背後走向這邊，然後就這樣從背後開口叫了聲「爸爸」。

俊樹以為三葉想要他唸故事，結果卻不是這樣。在俊樹面前咚一聲坐下來後，三葉一臉認真地開始翻開書本。俊樹觀察了一陣子，只見三葉看起來完全沉浸於書本之中，所以俊樹再次將視線落至書本上。

在日光充足的長外廊的木板上，父親跟小小女兒面對面坐著閱讀各自的書本。二葉看到這幅光景笑了出來，「母親母親，妳看妳看」地叫一葉過來讓她看這一

幕。連一葉都笑著說了句：「哎呀，真是的。」

直至目前，三葉身上並未展露出二葉那種特殊才氣的片鱗半爪。俊樹打從心底覺得這是一件好事。從二葉的例子來看，可以清楚地明白過於異於常人、才氣煥發的話，周遭的人就會變得無法讓三葉離開糸守。如果可以的話，俊樹也想讓她去上大學，想給她機會就職體驗外面的社會，也想讓她做自己喜歡的工作。

三葉上小學又過了一陣子後，次女四葉誕生。這次生產也比預定要提早許多。當天俊樹人在岡山。在糸守出生長大然後移居外地的人們中，有人在蓋了自己的家時無論如何都希望宮水神社的神職者前來進行地鎮祭。

這次俊樹趕上了生產。他在分娩室前方的走廊，跟一葉一起不斷來回踱步。隔開分娩室與走廊的樹脂製沉重拉門開啟了，所以俊樹衝進去。如同昔日，在看到嬰兒前，一股不知真實面貌為何的感動再次傾盆而下填滿俊樹的周圍。

俊樹一直不懂這種感覺的真面目為何。之後他理解這是世上又多了一個比自身還重要的存在，所以才會出現的心靈顫抖。

真是的，不可思議的事物要多少就有多少。

直到昨天為止，這個小孩都還不存在。

如今卻存在著。

現在仍然皺巴巴的這個小孩，總有一天會漸漸變得像是二葉那樣吧。這件事很不可思議，而且現在就能明確地相信的這件事也很不可思議。雖然事先經由產檢知道是女兒，不過俊樹在那之前就有預感會生下女兒，而這一點也很不可思議。

「名字要怎麼辦呢？」俊樹說道。

二葉全身無力地躺在床上，卻還是帶著笑容。「不取作四葉的話，很久很久以後三葉或是這孩子好像會有一邊發脾氣呢。」

「哪一邊會發脾氣呢？」

「兩邊都會？」

6

「那麼，我要教妳削芋頭的方法。因為要用刀，所以妳要小心喔。覺得危險的話，就立刻把手放開。」

二葉在廚房如此說道後，戴著白色厚手套跟圍裙的三葉嚴肅地點點頭。餐桌上準備了砧板跟像是要給小孩用的小水果刀。

此時俊樹正一邊哄著即將一歲的四葉，一邊用單手拿著岐阜縣的民謠集閱讀著。就年紀來說，讓她用菜刀不會太早嗎？俊樹陳述了自己的疑問，不過——

「我有研究就算是小孩子削起來也不會危險的方法喔。」

二葉移動嘴角露出得意表情後——

「因為我想盡快將各種事情先教給這些孩子們。」

是這樣子的嗎——此時的俊樹是這樣想的。

三葉按照母親所教，露出凝重表情在砧板上削著芋頭的皮。不過，她眼睛沒有離開芋頭就這樣開口說道：

「媽媽……」

「什麼事？」

「這個弄起來好麻煩……」

「對呀，所以需要妳幫忙啊。真了不起呢。」

俊樹悄悄看著這段互動，卻裝出沒在看的模樣。

多麼地可愛呀。

笑意有好一陣子都沒能離開嘴角。

四葉入睡，看起來很舒服地熟睡著。輕輕探頭望向那張臉龐時，笑意仍然沒有離去。

二葉是在這兩年後去世的。

俊樹聽到了類似免疫細胞失控之類的疾病。不管重問幾次，俊樹都無法記住病名。或許是意識在拒絕著那個病名吧。

二葉剛開始時表示自己會頭痛暈眩還有感到虛脫，此時病狀就已經發展得很嚴重了。二葉隱瞞病情，變成無法工作的狀態。雖然試著去看了醫生，卻還是不曉得病名。

不知為何，二葉頑固地不肯住院進行檢查。

二葉說了意思像是「自己非待在家裡不可」之類的話，然後將各種事物教給了

三葉。她是這樣說的：「不久後，四葉就由妳來教嘍。」

這樣實在很不吉利，請別這樣說。我希望妳現在立刻就去往院——俊樹向妻子如此表示，妻子卻不答應。

到頭來雖然還是住了院，但那卻是二葉病倒才被抬進醫院的。在那之後又過了一段時間才掌握了病名。

在身體狀態還能會客時，躺在病房裡的二葉對兩個女兒說：

「對不起呢。」

她什麼也沒對俊樹說，因為兩人之間的關係用不著談到這種事。而且俊樹也完全沒有意思要接受這種話語所代表的含意。他完全地拒絕這個狀況。

說到拒絕，二葉堅決地拒絕轉院到大都市的專科醫院。理由不得而知，她也說自己不曉得這是為什麼。

夫婦之間初次發生如此嚴重的意見對立。俊樹明白病狀會讓思考能力變調。雖然明白此事，不過另一種見解卻爬上心頭。

簡直像是在拒絕存活下去似的。

在不是專門治療特定疾病的鄉鎮醫院，二葉與病魔展開駭人的大戰，不久後變成連女兒都沒辦法跟母親面會的狀態。事已至此，俊樹變得無法甩掉從背後悄悄接近而來的預感了。

變得完全沒有昔日風貌的二葉說出令人懷念的話語。

「事情該怎樣就會變得怎樣。」

意思是說，即將死去這件事也是如此嗎？

俊樹並未袖手旁觀。他從全日本的許多醫院中，找尋在免疫型疾病這個領域有著豐富經驗的醫院，而且找到哪一間就跟哪一間進行接觸。然後就在他與千葉縣的大醫院談妥，準備強制移送二葉時，手機響了起來。不曉得是誰的聲音告知了二葉的死亡時刻。

護士前來傳達二葉要留給俊樹的遺言。

「這不是別離。」

她說的話總是正確無誤，最後卻出錯了。

所謂的死，不就是最終極的別離嗎？

俊樹吃了一驚。動真格哭泣時，喉嚨居然會發出咻咻聲響。

他就這樣度過了好幾天。將雙肘放在書桌上一動也不動，什麼也不讀什麼也不聽，也不跟任何人交談。女兒交給她們的外婆照顧。

女兒們有時會發出啪噠啪噠的腳步聲前來探視情況，看到俊樹的模樣後她們害怕了。俊樹明白女兒們害怕著自己，卻又無能為力。

他無法控制自己的思緒。在某一個時刻，雖然僅有一瞬間，腦海裡還是萌發了一種想法——不能用兩個女兒跟某處的某種存在交換二葉的生命嗎？自己這種想法令他恐懼地發起抖。俊樹被要付出多昂貴的代價才能換回二葉的想法附身了。

這種覆水難收的事情稱為死亡。然而俊樹的意識有很長一段時間，都不擇手段拚命地試圖繞過這個事實。

他的狀態無法出席神葬祭。

俊樹經過漫長的時間爬出房間後，俊樹以外的糸守居民們早已從悲傷中復原了。俊樹感到微微地混亂。他們跟二葉的交情比俊樹還要長，像這樣若無其事根本不合常理——俊樹強烈地這樣想著。

「這是為什麼！」

他們復原的方式對俊樹來說太奇妙了。

宮水一葉或許哭了幾天，但俊樹並未看到那副模樣。俊樹出來外面時，她已經看不出有特別失魂落魄的模樣，而且相對地平靜，幾乎已經恢復日常生活的步調了。

而且，一葉說出了對俊樹而言極不中聽的話語。

「二葉說是命中註定的話，那就是這樣吧。」

真是亂七八糟。

俊樹已經微微知道這座鎮有部分人士心中有著一種願望，那就是渴望將二葉的發言理解為某種神諭。

妳不准給我攀附在這種願望上面——他想這樣對宮水一葉大吼。

就算這是為了讓自己接受這件事而拚命擠出來的台詞，這般話語也絕對不能被容許。

宮水一葉試圖將二葉之死理解為某種必然，這樣的她令俊樹無法忍耐。

二葉不是神的使者，是人類。

妳的親生女兒死掉了吧。

為何不像普通人死掉時那樣感到悲傷呢？

「這是為什麼！」

簡直是迷路跑進了另一個世界，而且構成這裡的常識跟現實截然不同。

鎮上的人們，特別是老年人那種「二葉小姐是一個好人，是一個了不起的人，所以才會這麼早就被神明召見」的講法令俊樹無法忍受。

有這麼蠢的事情嗎？

二葉在俊樹面前就只是個「普通的人類」，除此之外什麼也不是。

見到的每一個人都會說出類似的話語，甚至足以令俊樹感到恐懼。

一個人死掉了——沒有人普通地對此事感到傷悲。

奇怪。

根本是瘋了。

俊樹怒火沸騰。

直到最後，俊樹都沒有接納自己失去二葉的事實。他無法擺脫「二葉被滿不講理地搶走了」的想法。

想讓某人背負起這個不公平的責任。

不讓某人付出某種代價，這把怒火就不會平息。

俊樹下意識地尋找那個對象。

然後俊樹發現的東西是，存在於這座城鎮的水面下，以宮水神社為核心的統合力旋渦。

這座城鎮的意識下方有一大片以水平狀向外擴展的網狀物。而人們都被配置在網眼上的某處。宮水神社就位於零坐標上面，這張網纏住了二葉。

二葉最後之所以變奇怪，就是因為人們一直透過這片網眼用異樣視線望向她的關係。

在宮水這裡，把事物與人之間的關係稱為神（結）。

既然如此，自己就像是被神背叛了。

這種東西連一次也沒救過二葉。

甚至可以說它殺了二葉。

俊樹已經完全無法信賴這個以神明信仰為核心的共同體了。

想破壞它。

想破壞這個結構。

俊樹不喜歡神這種概念，也看不慣被這種概念附身的人們。

這種東西害二葉甚至無法以一介人類之姿好好死去。

沒有好好地被弔念。

這種事很奇怪。

至少要在二葉死後讓她變回人類。

明明是這樣想的卻辦不到，這是「為什麼」？

因為這座小鎮以宮水神社為中心運轉著的精神狀態發狂了。

這座小鎮感覺起來實在不是近代城鎮。

應該將憑依在這座小鎮上，名為宮水神社的意識形態怪物淨化掉才對不是嗎？

應該要改變這座小鎮的結構才對。不是宮水神社，應該以更近代的結構為軸心運作才對。

俊樹過於強烈地，無數次地反覆思考這種事情。因為想過頭的關係，他甚至對二葉產生了極細微的憎恨感。

7

俊樹離開了宮水家。就一葉的視點而論，會是她把俊樹趕出去的吧。

關於此事，他與宮水一葉之間發生了極為感情用事的激烈爭執，而且持續了很久很久。

三葉與四葉捂住耳朵的光景映入眼簾。就算看到此般光景，俊樹也停不住大吼大叫的行為。

就最終的結果而論，宮水一葉大吼「給我滾出去」。

一聽到這句話，俊樹就發出聲音笑了出來。我打從最初就說過要離開了，妳覺得叫這樣的我滾出去就能對我造成沉重打擊嗎？笑聲根本停不下來。

超過七十歲還能怒喝到這種程度，還挺了不起的。

如果說有失誤的話，就是俊樹原本打算帶三葉跟四葉一起走。當然，女兒們的外婆大為反彈。在那之後雙方又用言語互相攻擊了好一會兒。

俊樹向女兒們伸出手。跟爸爸一起走吧。

三葉退向後方搖搖頭。

四葉打從最初就躲在外婆身後。

三葉臉上有著明顯的恐懼感。

至少也要解放三葉將她帶出這個陰暗神社。俊樹是這樣思考的，不過——

當時刺進心中的棘刺至今仍未拔除。那個傷口發疼，有如憶起當時的場景。

（妳也是宮水的女人嗎？）

俊樹將手抽回翻身離去。冰封拋下的事物，留待以後再處理。自己身上有應該要做的事情。

要讓這座沉眠於幻夢中的城鎮清醒過來。

為此，要投身於鎮政的世界中。

這座城鎮的精神應該被近代化，應該以地方行政為中心運行下去，曖昧不明的近代以前的遺物應該被時代洪流沖走才對。

這座城鎮應該已經不需要這座神社了。應該變成更加不需要它的存在才對。

為了達到這個目的，需要不單是運作例行公事，而是更強大積極的自治體。

自己要親手實現這件事。

打個比方來說，俊樹被神明毫不留情地背叛，所以決定將信仰對象替換成其他的事物。從近代以前的權力結構轉變為近現代的統治機構。

俊樹隔著湖泊在宮水神社另一邊租借了鋼筋水泥建造的公寓。他將那兒當成自宅兼事務所，開始研究鎮政跟鎮議會。

最初他只是透過鎮公所一股腦地複印議會的資料。

將那些資料帶回去後，他構築了構想。

俊樹陳列出鎮上的問題點，為了控訴那些問題在現任鎮長的體制下如何被無視至今，他思考出最動人心弦的修辭。

在糸守有事業要做的工程業者抱持何種不滿，而自己會如何化消那些不滿——俊樹將這些事情都統合在資料中。

俊樹接觸了在這座城鎮上擁有發言權，而且跟宮水神社關係薄弱的人物。俊樹主動出擊，高談鎮政的理想形式，並且在那些話語背後暗示可以給他們怎樣的好處。只要提出要從哪裡以何種方式把錢拉出來這種具體的前景，就連最初以狐疑目光看待的那些人都很順利地上了船。到頭來所謂政治就只是控制金錢的流向，只要讓對方相信錢會往他那邊流動，人們就會跟隨而來。

俊樹就像這樣，暗中製造自己的後盾。

放膽一試拉攏敕使河原建設公司是正確答案。

在宮水神社信眾會之中，敕使河原建設公司的席次排得很前面，是跟宮水關係深厚的企業。不過看了明細表後，俊樹發現在宮水神社的收入中，敕使河原建設公司給予的地鎮祭香油錢占了一定程度的比例。換言之對宮水神社來說，敕使河原就是熟客。宮水應該無法對敕使河原擺出強勢的態度才對。俊樹看準這點所以接觸了對方，結果這個決定是正確的。

營建業要雇用大量人手，固定支出也很多，因此非常渴望得到能穩定取得訂單的環境。他們最積極地配合了俊樹的提議，俊樹委託他們拉票，還有挖走現任鎮長的票。他們熱心地工作。按照預定，俊樹能回報的利益也足以符合那些工作的價值。

實際選舉時，俊樹擁有宮水姓氏這件事將會成為一項很重要的武器吧。當然，俊樹會以最大限度利用這個武器。為了什麼志氣之類的理由而捨棄這項優勢，俊樹絲毫沒有這種念頭。

宮水原本就是這座城鎮的領主，這個事實仍然刻劃在鎮民們的潛意識中。

如果能用這個立場當作墊腳石改變他們的意識，那不是既諷刺又愉快的事嗎？

8

就這樣經過了兩年的準備，俊樹以新人之姿出馬參選鎮長，然後成為了糸守鎮鎮長。

上任後他同時成立新計畫，並且陸續實行了它們。他細心地運作，確實將利益帶給後援者們。

就算多少出現一些黑金疑雲也無所謂，倒不如說這是替自己鍍上了一層金。跟之前多一事不如少一事主義的鎮長不同，俊樹以能幹鎮長之姿確實地穩固著評價。

自己打算至少要當三任鎮長，怎麼可以不在這邊得到好評呢？事情便是如此。

他偶爾會跟三葉還有四葉見面。

三葉似乎覺得自己被父親拋棄了。

這個認知是正確的吧。

俊樹害怕長得愈來愈像二葉的三葉。

光是看著她……

冰封著的事物好像就會被撬開似的。

四葉以後也會變成這樣吧。

9

像這樣過了六年，就在初次任期的四年馬上就要結束時的某天傍晚，模樣酷似長女的某種存在襲擊宮水俊樹，然後又離去了。

10

某種氣息將俊樹從回憶中拉回現實。睜開眼睛後，這裡發生了停電。宮水俊樹覺得自己好像遠遠地聽見了混雜重低音的爆裂聲。

鎮公所切換至緊急電源，照明也立刻亮起，不過正規電源卻沒有復原的跡象。目前曉得整座糸守鎮都停電，而且附近的鄉鎮並未停電，然後又得知提供鎮上電力，位於深山裡的變電所發生爆炸事件，也傳來電塔倒塌的報告。

俊樹走出鎮公所辦公室，然後發出數道指示。

「消防團去看變電所的狀況，做好接收傷患的準備，跟各家醫院共享情報。也把狀況傳達給鄰近各鄉鎮的消防署請他們待命。緊急聯絡中電，然後把縣警的電話號碼拿給我，我要撥過去。」

還沒講完這些指示，未曾響過的警笛就響徹在整座城鎮上。現場「噗茲」一聲傳出防災廣播開關開啟的聲音，然後設置在鎮上每個角落的街頭擴音器傳出陌生女人的聲音，而且對方朗讀了亂七八糟的避難指示。內容是現在發生了森林大火，要指定區域的居民一個不留地前往糸守高中避難。這種廣播以口齒流利的說話方式放

送至鎮上的家家戶戶，而且有如不知疲倦般源源不絕地反覆播放。防災課的職員衝出去看鎮公所的廣播室，然後又衝回來。據說那邊空無一人。

「無線電頻道被劫持了啊。」某人如此說道。

「停止這個廣播，查清楚是從哪裡播放的。」

職員們一齊動了起來。

無線電偵測局順利地得出追蹤結果，發訊源頭是糸守高中。

俊樹立刻聯絡校長，讓老師過去阻止在廣播室進行的非法廣播。

取回被劫持的無線電頻道後，鎮公所的廣播室發出訂正的廣播。根據消防團的報告，並沒有從變電所那邊發生森林大火的疑慮。

據說劫持無線電的犯人是就讀於糸守高中的女子。

「抓住對方詰問內情，之後向我報告。」

狀況告一段落總算可以喘口氣，宮水俊樹將全身的體重放在鎮長室的皮椅上。

緊張感放鬆，麻痺的想像力也隨之突然湧現。

發出假的避難指示，打算要做什麼呢……？

俊樹撐起身軀按下內線電話的按鈕。

「讓駐守人員過去高中那邊一趟，防災課也派幾個人一起過去。對方或許打算在聚集人群的目標地點做某種危險的事。」

說完這些話時，俊樹有如彈起來似的抬起臉龐。被自己嘴巴說出的話語觸發，讓他聯想到許多環節。至今為止都沒察覺甚至是一件很不可思議的事。

聚集人群，讓他們去避難……

就在俊樹打算再次開口時，內線電話另一頭的職員告知有客人前來。前來此處的是宮水一葉跟宮水四葉。岳母前來這裡跟自己見面，這件事本身就已經是異常事態了。

俊樹從個性完全變圓融的宮水一葉，以及不知為何有如男孩般漸漸長大的四葉口中將整件事大致聽了一遍。

三葉從今天早晨就開始出現異樣的行動。

她表示彗星會墜落至這裡，以強硬方式阻止打算去祭典的小學生，對一葉跟四葉說就算只有妳們也好，立刻逃得遠遠的……

三葉如果過來這裡，就好好聽她說話吧——岳母開始講這句話時，俊樹已經什麼都沒聽見了。

他打開窗戶，看到在夜空上奔馳的彗星。

沒必要凝神觀視就能看見箒尾。

分裂成兩顆了。

看到那幅光景時——

他開始在意識下方明白之後會立刻遇見什麼。

星星從天而降。

拖著尾巴墜落的那顆星星被視為龍。

那條龍被紡織物克服了。

紡織物或是組紐編織，就是在暗喻人與人之間的連結。

啊啊，這就是——

與二葉初次見面那一天討論的話題。

所有概念——

從最初的階段便存在於自己心中。

之後——只要有鑰匙前來造訪，以有機形式將這些概念結合在一起就行了。

只要那支鑰匙前來，自己就能理解一切吧……

雖然在意識下開始理解這些事，常識卻還是在意識表面發揮作用否定著它們。

俊樹的表層意識做好了如果有人過來就要大聲怒喝的準備，就像「別告訴我蠢事」這樣。

就像自己分裂成兩個似的。

然後——

「那個存在」來了，甚至沒有敲門。

俊樹大聲怒喝，不過那道聲音連在自己體內都回響得很空洞。

打開鎮長室門扉的三葉滿身是泥，而且到處都是擦傷。

俊樹發現自己沒問「妳是誰」。就算什麼都不問，他也明白這個三葉是本尊。

恐怕就算閉上眼睛堵住耳朵，也能光靠氣息知道對方是三葉吧。

俊樹明白三葉要前來告訴自己何事。

星星在俊樹心中墜落了。

星星的意象。

那顆星星劃過天際的意象。

流星的意象與組紐編織的意象疊合為一。

那條組紐編織解開纏住星星。

萬物皆有其所。

在俊樹心中，纏在一起的事物都解開了，然後安置在適當的位置。

接著，事先準備好的理解到來了。

該不會——

意思是說自己如今會以這個立場待在此處，是早已註定好的某種指引嗎？

自己能夠傾聽三葉這種非現實論調，而且擁有能夠干涉鎮上所有人的權力。

沒錯，自己現在的地位可以接受三葉想讓人們前往避難的請求，甚至能命令所有鎮民去避難。

俊樹在不知不覺間，主動地強烈渴望自己能站上擁有這種強大權限的立場。

然後，他現在在這裡。

所以說這一切都是「萬物會自然地被引導至它應該存在的位置」嗎？

自己會在這裡是有其意義的嗎？

在宮水俊樹心中於這六年來一直封閉著，連開法都變得不曉得的鎖開啟了。

帶著那支鑰匙前來的人——

有一張相當令人懷念的臉龐。

雖然不是完全相同，卻明確地殘留著她的影子。

覺得再也看不見的那張臉龐，如今就在那兒。

沒錯，正如二葉所言，那並不是別離。她總是對的。

國家圖書館出版品預行編目資料

你的名字。Another Side : Earthbound / 新海誠原作 ; 加納新太作 ; 梁恩嘉譯. -- 初版. -- 臺北市 : 臺灣角川, 2016.12
面； 公分

譯自 : 君の名は。Another Side : Earthbound
ISBN 978-986-473-456-6(平裝)

861.57 105021309

Kadokawa
Fantastic
Novels

你的名字。 Another Side:Earthbound

（原著名：君の名は。Another Side:Earthbound）

2016年12月15日　初版第1刷發行
2023年10月16日　初版第17刷發行

作　　者：加納新太
插　　畫：田中將賀、朝日川日和
原　　作：新海誠
譯　　者：梁恩嘉

發 行 人：岩崎剛人
總 編 輯：蔡佩芬
編　　輯：孫千棻
美術設計：吳佳昫
印　　務：李明修（主任）、張加恩（主任）、張凱棋

發 行 所：台灣角川股份有限公司
地　　址：104台北市中山區松江路223號3樓
電　　話：（02）2515-3000
傳　　真：（02）2515-0033
網　　址：www.kadokawa.com.tw
劃撥帳戶：台灣角川股份有限公司
劃撥帳號：19487412
法律顧問：有澤法律事務所
製　　版：尚騰印刷事業有限公司
ISBN：978-986-473-456-6